KV-113-145

LLECHI

GR
ACC. No: 02995166

I Lleucu Siôn,
gyda diolch am guddiad dan y bwrdd.

LLECHI

Manon Steffan Ros

Llyfrgelloedd Caerdydd
www.caerdydd.gov.uk/llyfrgelloedd
Cardiff Libraries
www.cardiff.gov.uk/libraries

CAERDYDD
CARDIFF

Diolch yn fawr i:

Efan a Ger am fod mor glên ac amyneddgar;

bawb yn y Lolfa, yn enwedig Meinir Wyn Edwards am ei
golygyddiaeth sensitif a'i hamynedd dibendraw;

Gyngor Llyfrau Cymru;

Elen Williams am y clawr hardd a
Ratbag a Hagfish am y prôn a'r phoph.

Argraffiad cyntaf: 2020
© Hawlfraint Manon Steffan Ros a'r Lolfa Cyf., 2020

*Mae hawlfraint ar gynnwys y llyfr hwn ac mae'n
anghyfreithlon llungopïo neu atgynhyrchu unrhyw ran ohono
trwy unrhyw ddull ac at unrhyw bwrpas (ar wahân i adolygu) heb
gytundeb ysgrifenedig y cyhoeddwyr ymlaen llaw*

Cynllun a llun y clawr: Elen Williams

Rhif Llyfr Rhyngwladol: 978 1 78461 955 8

Dymuna'r cyhoeddwyr gydnabod cymorth ariannol
Cyngor Llyfrau Cymru

Cyhoeddwyd ac argraffwyd yng Nghymru
ar bapur o goedwigoedd cynaliadwy gan
Y Lolfa Cyf., Talybont, Ceredigion SY24 5HE
e-bost ylolfa@ylolfa.com
gwefan www.ylolfa.com
ffôn 01970 832 304
ffacs 01970 832 782

Pennod 1

MAE PETHAU WEDI bod yn nyts yn 'rysgol, wrth gwrs. Mae hynna i'w ddisgwyl. Roedd yr ysgol ar gau'n llwyr dydd Llun, ac mae'r rhan fwyaf o'n dosbarth ni wedi aros adref wythnos yma. Mae'r athrawon wedi dechrau panicio a siarad y lol 'na ei bod hi'n flwyddyn bwysig, a rhaid i ni drio bod yn gryf, er mor anodd ydi hi. Yn y gwasanaeth arbennig gawson ni fora dydd Mawrth, dyma Mr Lloyd yn deud, "Mi fasa Gwenno isio i ni fod yn ddewr. Rhaid i ni gario mlaen, er ei mwyn hi." Wedyn dyma sŵn yn dengyd o'i geg o, hanner ffordd rhwng crio a gweiddi, a'i anadl yn dod yn sydyn. Dyma fo'n sefyll o'n blaenau ni i gyd yn crio fel babi, ei ysgwyddau fo'n mynd i fyny ac i lawr fel tasa fo'n chwerthin.

'Sa chi ddim yn meddwl bod boi fatha Mr Lloyd yn gallu crio fel'na. Boi mawr sgwâr ydi o, nyts am rygbi. Dydi o ddim mor sidêt â be 'sa chi'n ei ddisgwyl gan brifathro chwaith. Mae o'n rhegi weithiau, ac mae ganddo fo dymer uffernol.

Y pethau annisgwyl oedd yn anodd. Pethau fel cerdded o un dosbarth i'r llall rhwng gwersi, a phasio pobol yn y coridorau. Pan oedd Gwenno yma, doedd fawr neb yn cymryd sylw ohoni hi – roedd hi jyst yn un o'r criw – ond rŵan roedd pawb fel tasan nhw'n edrych amdani ym mhob man. Ac roedd pawb yn hanner sibrwd, fel tasan ni yn yr angladd yn barod.

Roedd pawb yn crio yn ystod yr wythnos honno. Ella dylsa'r ysgol fod wedi cau am yr wythnos, achos wnaeth neb ddysgu dim. Roedd pawb wedi cael ffasiwn sioc, yn arbennig ein dosbarth ni. Waeth ym mha ddosbarth oeddan ni, roedd pawb yn syllu ar gadair wag Gwenno, ac roedd pob un ohonon ni wedi crio o leia unwaith. Hyd yn oed y plant caled.

Ro'n i'n ocê. Wir, ro'n i'n teimlo'n iawn. Roedd yr holl beth chydig bach fel byw mewn ffilm, fel taswn i wedi mynd i'r gwely un diwrnod a deffro'r bore wedyn efo popeth wedi mynd o'i le, fel tasan ni i gyd yn dilyn sgript a phawb efo rôl i'w chwarae. Ac ro'n i'n chwarae'r rôl yn iawn – yn crio dipyn bach, ond dim gormod, fel roedd hogiau i fod i'w wneud. Ro'n i wedi bod yn dawel a rhoi fy mhen i lawr yn ystod y munud o dawelwch yn y gwasanaeth. A phan oedd Mam wedi eistedd i lawr efo fi ar y soffa a rhannu'r newyddion am be ddigwyddodd i Gwenno, ei llaw ar fy llaw i a'i bochau'n ddagrau i gyd, mi wnes i actio'r rôl o rywun oedd wedi cael sioc.

Ro'n i'n smalio teimlo'n ofnadwy, ond do'n i ddim. Ddim bryd hynny. Sioc, ella, ond roedd fy meddwl a 'nghalon a 'nhu mewn i'n hollol iawn, yn teimlo'n hollol, hollol lonydd. Hyd yn oed pan o'n i'n gweld lluniau o Gwenno ar y teledu neu ar y we, hyd yn oed pan o'n i'n meddwl am ei chorff gwaedlyd yn y chwarel, do'n i ddim yn teimlo fel crio.

Mae hynna'n rhyfedd, dydi?

'Pwy 'sa'n neud ffasiwn beth?' gofynnodd Keira yn ein

dosbarth cofrestru ni, gan redeg ei llaw ar hyd y gadair roedd Gwenno'n arfer eistedd ynddi, ei masgara'n llwybrau duon i lawr ei gruddiau. Doedd gan neb ateb, wrth gwrs. Does neb yn gwybod pam fod rhywun wedi lladd Gwenno Davies, ac wedi gadael ei chorff hi yn y chwarel yn waed i gyd, pant mawr yn ei thalcen lle roedd ei phenglog wedi chwalu.

*

Roedd y rhan fwyaf o'r papurau newydd yn defnyddio llun ysgol o Gwenno, llun oedd wedi ei dynnu rhyw dri mis ynghynt. Yn y llun roedd hi'n gwenu'n glên, ei gwallt golau'n sidan dros un ysgwydd. Doedd hi ddim yn gwisgo llawer o golur, a'r unig dlysau oedd pâr o glustdlysau – diemwntiau, dwi'n meddwl. Roedd hi'n edrych yn annwyl, yn glên, yn anaeddfed bron.

Y peth od oedd fod neb yn yr ysgol yn sôn am y diwrnod y tynnwyd y llun. Ella'u bod nhw wedi anghofio, ond bob tro ro'n i'n gweld y llun – ac roedd hynny'n aml – ro'n i'n cofio'r manylion bach. Y genod i gyd yn eistedd yn y dosbarth cofrestru'n rhoi colur ar eu hwynebau, drychau bach neu gamerâu ffôn yn adlewyrchu eu hunain o'u blaenau. Arogl paent ewinedd, a Keira a Siwan yn gwisgo clustdlysau hirion yn eu clustiau, ambell freichled am eu garddyrnau, mwclisau o gwmpas eu gyddfau.

Ond nid dyna wnaeth Gwenno.

Roedd hi'n glanhau'r masgara a'r *eyeliner* a'r lipstig oddi ar ei hwyneb efo *wet wipe*, ac yn ffeirio'r cylchoedd mawr aur yn ei chlustiau am ddiemwntiau bychain. Caeodd fotymau uchaf ei chrys, oedd yn agored ganddi fel arfer, yn dangos ychydig o fra les goch neu ddu. Tynnodd ei gwallt i lawr o'r gynffon uchel ar gefn ei phen.

Roedd y genod eraill i gyd yn trio edrych yn hŷn, yn dlysach. Ond nid Gwenno. Roedd hi'n ceisio edrych yn iau, yn fwy diniwed.

'Sbia arna chdi,' meddai Keira wrthi, ac edrychodd Gwenno ar ei hadlewyrchiad ei hun yn y drych. 'Ti'n edrych tua deuddeg!'

A gwenodd Gwenno'n falch, fel petai dyna'n union oedd ei bwriad.

Un fel'na oedd Gwenno.

*

Roedd Mam yn aros amdana i pan ddois i adref o'r ysgol, yn dal yn ei phyjamas ers y bore. Roedd hi'n gwylio sianel newyddion ar y teledu, a gwelais ar y sgrin yr ysgol ro'n i wedi ei gadael chwarter awr yn ôl. Safai dynes mewn siwt ddu wrth yr arhosfan bws, meicroffon yn dynn yn ei llaw a golwg ddifrifol ofnadwy ar ei hwyneb.

'Gwenno Davies was a model student, popular and kind…'

'Ti'n iawn?' gofynnodd Mam, gan roi ei braich amdana i, ond tynnais i ffwrdd. Doeddan ni ddim y math o deulu oedd yn swsio ac yn cofleidio a ballu, a do'n i ddim am i ni ddechrau bod fel'na rŵan.

'Yndw. Pam ti'n dy byjamas? Est ti'm i gwaith?'

'Ddaru nhw ganslo. O'n i fod efo Ffion Davies bore 'ma. Ma hi'n ffrind gora i fam Gwenno, dydi? Bechod.'

Glanhau oedd gwaith Mam. Roedd o'n mynd ar fy nerfau i y ffordd roedd hi'n siarad am y bobol oedd yn ei chyflogi hi fel ffrindiau, achos ro'n i'n siŵr eu bod nhw'n sbio i lawr ar Mam ac yn meddwl eu bod nhw'n well na hi. Roedd Mam jyst yn gweld y gorau ym mhawb.

'O'dd o'n uffernol yn 'rysgol? Mae 'di bod ar teli drw dydd. Roedd 'na lun dosbarth ac o'dda chdi ynddo fo.'

'Pa un?'

'Llynadd.'

Shit. Ro'n i wedi lliwio 'ngwallt yn felyn, felyn y llynedd, achos fod 'na *striker* Cymru efo gwallt fel'na ar y pryd. Ro'n i'n edrych yn uffernol, a rŵan roedd y llun wedi cael ei weld gan bawb yn y byd bron. *Typical.*

'Oes 'na wbath i fyta?'

Trodd Mam i edrych arna i'n iawn. Doedd hynny ddim yn deimlad neis iawn – prin iawn roedd Mam yn edrych arna i o gwbl. Ond mi syllodd hi am hir, fel petai'n trio gweithio rhywbeth allan.

'Ti'n siŵr bo' chdi'n iawn?'

'Yndw, siŵr Dduw.'

Y noson honno, rhoddodd Mam gwpl o bitsas yn y ffwrn, ac eisteddodd y ddau ohonan ni am noson gyfan o flaen y teledu yn gwylio'r newyddion am Gwenno. Teimlad rhyfedd ofnadwy oedd o, yn enwedig pan oedd y camerâu'n dangos llefydd cyfarwydd i ni – ac roedd pob man yn gyfarwydd i ni. Weithiau, byddai Mam yn galw allan, 'Hei sbia, Ogwen Bank!' neu 'Yli, Parc Meurig!' ac wedyn byddai'r bobol ar y newyddion yn siarad am y peth ofnadwy yma oedd wedi digwydd, ac roedd Mam yn mynd yn ôl i grio.

Ro'n i'n gwylio'n dawel. Roedd o'n ofnadwy o od.

Mae'n rhyfedd clywed pobol yn trio esbonio'ch pentref chi i bobol o'r tu allan. Wrth gwrs, roedd 'na lawer o'r gwylwyr oedd heb glywed am Fethesda, ac felly roedd y bobol ar y teledu yn gorfod disgrifio'r lle y lladdwyd Gwenno. Pethau fel, 'This is a sleepy village whose main industry, slate quarrying, has long past seen its heyday,' neu 'Unemployment has reached a record high in north-west Wales – and Bethesda, near Bangor, is suffering the effects.'

'Pwy ddiawl ma nhw'n feddwl ydyn nhw?' gofynnodd Mam wrth glywed hynny. Ac er fod petha fel'na ddim yn fy mhoeni i fel arfer, ro'n i'n teimlo'r un fath. Y cyfan oedd y bobol newyddion yn ei weld oedd ambell i siop wedi cau ar y stryd fawr, neu'r rybish oedd yn hel yn y maes parcio yng Nghae Star. Doeddan nhw ddim yn gweld yr holl bethau hyfryd, cynnes, cyfeillgar am Fethesda. Doeddan nhw ddim eisiau gweld hynny. Roeddan nhw o'r farn fod byw mewn lle oedd ddim yn llawn Range Rovers a BMWs yn rhoi ryw fath o esboniad i'r ffaith fod hogan un ar bymtheg oed wedi cael ei lladd.

Roeddan nhw'n trio coelio fod pethau fel'na ddim yn gallu digwydd i bobol fel nhw.

'Bastads.' Ac am unwaith, wnaeth Mam ddim cwyno 'mod i'n rhegi. Mi ddaeth 'na neges ar fy ffôn gan Dion wedyn.

Dim gair cofia. Paid deud wrth neb.

Wnes i ddim ateb.

Pennod 2

'BLYDI HEL!' MEDDAI Llŷr wrth i ni gerdded i'r ysgol y bore wedyn. 'Ma'r cops fatha cachu ci ar hyd lle 'ma.'

Roedd o'n wir. Rownd bob cornel, ar ben bob stryd, roedd 'na heddlu'n sefyll yn gwylio pawb yn mynd a dod, fel tasan nhw'n disgwyl i'r llofrudd drio lladd eto y tu allan i Gaffi Brenda neu wrth giatiau'r ysgol. Yn sydyn, roedd pobol yn malio be oedd yn digwydd yma. Do'n i ddim yn cofio'r tro diwethaf i mi weld heddwas yn cerdded y stryd cyn i Gwenno farw. Fel arfer, doeddan nhw ddim ond yn dod allan os oedd 'na gwffio, neu os oedd un o'r partïon ym Mharc Meurig wedi mynd braidd yn wyllt.

Wrth yr ysgol roedd hi waethaf. Roedd 'na heddlu wrth y giatiau, heddlu wrth yr arhosfan bws, heddlu mewn cylch o gwmpas y camerâu teledu a'r newyddiadurwyr oedd fel mob ar y palmant dros y lôn i'r ysgol. Yn y dyddiau cyntaf ar ôl marwolaeth Gwenno, roedd camerâu yn dilyn pawb oedd yn mynd i'r ysgol.

Roedd o fatha bod yn enwog.

Wrth gwrs, roedd 'na heddlu y tu fewn i'r ysgol hefyd. Ond yn eu dillad eu hunain oedd y rheiny gan fwyaf, y dynion mewn siwtiau sgwâr a'r merched mewn lliwiau trist – du, llwyd, brown. Roedd hi'n eithaf amlwg pa un oedd y bòs. Hi oedd wedi siarad efo ni ar ddechrau'r holl ymchwiliad, mewn gwasanaeth byr ar ddiwedd y dydd, i atgoffa pawb ei bod hi'n bwysig *iawn* i ni rannu unrhyw wybodaeth am Gwenno.

'Hyd yn oed os y'ch chi ddim yn meddwl ei fod e'n berthnasol,' meddai D.C.I. Karen Davies. 'Ni angen gwybod popeth am Gwenno er mwyn dal pwy bynnag wnaeth hyn iddi.'

Dynes fach oedd D.C.I. Davies, ac er ei bod hi wedi dweud wrth bawb am ei galw hi'n Karen, edrychai fel y math o berson y byddai ei rhieni ei hun yn ei galw hi'n Ms Davies. Roedd popeth amdani'n daclus – ei siwt, ei gwallt byr tywyll, hyd yn oed y ffordd roedd hi'n cerdded. Fedrwn i ddim dychmygu mynd ati i siarad am Gwenno. 'Oeddach chi'n gwybod bod...?' neu 'Dwn i'm os dach chi'n gwybod hyn, ond...' Doedd y ffaith ei bod hi'n dod o'r de ddim yn helpu. Roedd cael ditectif efo acen fel'na yn yr ysgol yn teimlo fel tasan ni'n byw mewn ryw ddrama ar S4C oedd yn trio'n rhy galed.

*

Mae 'na rywbeth dylia chi wybod am bobol fel fi.

'Dan ni'n anweledig.

'Sa chi ddim yn dallt, mae'n siŵr. Dwi'n dychmygu eich bod chi'n un o'r lleill, yn un o'r bobol bwysig. Dach chi'n byw mewn tŷ mawr neis, tŷ mae eich mam neu'ch tad neu ella'r ddau wedi ei brynu, ddim ei rhentu. Mae gennoch chi'ch llofft eich hun, a does 'na ddim llwydni ar y waliau. Ella bod eich rhieni chi'n dal efo'i gilydd, ond os ddim, maen nhw efo *rhywun*. Maen nhw'n gweithio, a dach chi'n mynd ar eich gwyliau weithiau.

Dach chi'n dda iawn am o leia un peth yn yr ysgol. Ella'ch bod chi'n wael mewn maths neu ymarfer corff, ond mae 'na un peth dach chi wir yn dda am ei wneud. Mae gennych chi dalent. Dach chi'n cael barbeciws yn yr haf, a dach chi'r teip o deulu sy'n cael pyjamas newydd ar noswyl Nadolig i'ch mam gael rhoi'r llun ar Facebook.

Dach chi'n mynd i fod yn iawn.

Pobol fel'na ydi Llŷr a Siwan. Rhywun fel'na oedd Gwenno hefyd.

'Dan ni ddim fel'na.

Dim fi a Dion. Dim Keira chwaith, a deud y gwir.

Dach chi ddim yn gweld pobol fel ni; 'dan ni jyst yn bodoli i lenwi dosbarth neu dîm ffwti. 'Dan ni'n ofnadwy o debyg i chi mewn rhai ffyrdd: 'Dan ni'n siarad efo chi, yn mynd allan efo chi, ac yn meddwl ein bod ni'r un fath â chi weithiau, ond tasan ni'n diflannu, fyddai neb yn sylwi am hydoedd. 'Shane pwy?' fyddan nhw'n gofyn. Wedyn, 'O mai god ia, Shane! O'n i 'di anghofio amdano fo! Dwi heb weld o ers *ages*...' Ar ôl ychydig fisoedd, mi fyddan nhw wedi anghofio fy wyneb i'n llwyr.

Digalon? Yndi, ella. Dwi'n anghofio 'mod i'n wahanol, y rhan fwyaf o'r amser, ond dydi hynny ddim yn ddrwg i gyd. Achos fel ddeudish i, 'dan ni'n anweledig.

Efo'n gilydd – fel 'dan ni'n dueddol o fod y rhan fwyaf o'r amser – dydi Dion a finnau'n ddim byd ond dau foi ifanc mewn *joggers* a hwdis tywyll. 'Dan ni'n sefyll ar waelod stryd, yn eistedd yng nghornel y parc, yn cerdded yn ôl a blaen rhwng y Tesco bach a'r siop jips a'r parc o hyd.

Ella fod 'anweledig' yn air anghywir, hefyd. Nid anweledig ydan ni – ddim yn union. Dach chi *yn* ein gweld ni. Ond does dim ots gynnoch chi. 'Dan ni ddim yn ddigon pwysig i'ch ymennydd chi nodi ein presenoldeb ni.

Felly...

Pan dach chi'n ein pasio ni yn y car ar eich ffordd i rywle dach chi ddim yn gwybod ein bod ni'n eich gweld chi, yn sylwi i le dach chi'n mynd ac am faint o'r gloch.

Pan mae'ch mam yn prynu un botel o win yn Spar, un arall yn Tesco ac un arall yn y siop fach, 'dan ni'n sylwi.

Pan mae'ch tad wedi parcio mewn *lay-by* am amser hir, ar ôl iddo ddeud wrth eich mam ei fod o'n gweithio'n hwyr, yn siarad efo rhywun mae o'n galw'n gorjys ac yn secsi ar ei ffôn, ni ydi'r rhai sy'n clywed.

Ond fel ddeudish i, dydi pobol fel chi ddim yn cymryd sylw o bobol fel ni, felly dydi pobol ddim yn meddwl. Tasa D.C.I. Davies yn well copar, mi fyddai wedi dod yn syth at rywun fel fi, sy'n gwybod lot lot mwy na dwi i fod i wybod.

⋆

Roedd hi'n bwrw amser egwyl ond roedd disgwyl i ni fynd allan p'run bynnag fel arfer. Glaw mân oedd o. Mi fyddwn i wedi gallu chwarae pêl-droed ynddo fo. Ond gwers Saesneg oedd gynnon ni cyn amser egwyl, a phan ganodd y gloch, deudodd Miss Einion, 'Year Tens, you can stay here for break time if you want.' Roedd hynny'n rhyfedd, achos mae Miss Einion yn ddraig o ddynes sy'n meddwl fod rheolau'r ysgol 'run mor bwysig â chyfraith. Dydi hi ddim yn siarad

Cymraeg efo'r un ohonan ni yn yr ysgol, er ei bod hi'n gwneud bob tro pan dach chi'n ei gweld hi yn Tesco neu allan ym Mangor. *Weirdo.*

Dyma rai o'r dosbarth yn mynd allan p'run bynnag – ambell un isio smôc, neu gyfarfod â ffrindiau o ddosbarth arall. Ond aros wnaeth ein criw ni i gyd.

'Geith hi *breakdown* erbyn hanner tymor, gewch chi weld,' meddai Siwan, gan nodio at y drws roedd Miss Einion newydd ddiflannu drwyddo.

'Paid â malu cachu,' wfftiodd Llŷr.

'O'dd hi jyst â chrio drwy'r wers. Wnest ti ddim sylwi?'

'Ma pawb jyst â chrio drwy bob gwers. Dydi hi'm gwahanol i neb arall...'

Ymestynnodd Dion am fag enfawr o grisps a'i agor ar ganol y bwrdd. Doeddan ni ddim yn rhannu fel arfer, ond dwi'n meddwl fod pawb yn trio ffindio ffyrdd o wneud pethau bach caredig, heb wneud ffŷs. Helpais fy hun. Blas *sweet chilli.* Nais won.

'Lle mae hi rŵan?' gofynnodd Siwan wedyn. Roedd hi'n bwyta'i chreision mewn ffordd od – afiach, 'sa chi'n gofyn i fi. Yn llyfu'r holl flas a'r halen a'r darnau bach coch o bowdr tsili oddi arnyn nhw, wedyn yn eu rhoi nhw ar ei thafod ac yn eu sugno nhw. Roedd yr hogiau eraill i gyd yn ffansïo Siwan, am ei bod hi'n siapus ac yn dywyll ac yn edrych chydig bach fel rhywun 'sa chi'n gweld mewn fideo cerddoriaeth. Do'n i ddim mor siŵr amdani. Roedd hi'n rhy berffaith, yn gwisgo gormod o golur. Ac ro'n i'n amau'n gryf na fyddai hogan fel hi byth yn edrych ar hogyn fel fi, p'run bynnag. Roedd hi'n dipyn o snob.

'Pwy?' holodd Llŷr.

'Pwy ti'n feddwl?! Gwenno 'de!'

Aeth pob man yn dawel. Dwi'n meddwl fod Siwan wedi teimlo'n syth ei bod hi wedi dweud rhywbeth o'i le, achos dechreuodd edrych o gwmpas ar bawb, mewn panig braidd.

'Hynny ydi, ydi hi yn sbyty? Neu efo'r ymgymerwr? Neu'r heddlu? Dwi'm yn gwbod!'

'Mae'n siŵr ei bod hi yn un o'r drôrs oer 'na dach chi'n eu gweld ar *CSI*,' atebodd Dion yn dawel, ei lygaid o'n fawr. 'Mewn bag efo sip.'

Wrth gwrs, trodd meddyliau pob un ohonan ni at hynny wedyn. Fedrwn i ei weld ar wyneb pawb, felly mi edrychais i lawr, fel taswn i'n dweud gweddi yn y gwasanaeth. Roeddan nhw'n meddwl am Gwenno fel oeddwn innau, yn llonydd mewn drôr yn Ysbyty Gwynedd. Ella bod ei chroen wedi mynd yn las, fel y cyrff marw ar y teledu. Hoel stid ar ei hwyneb. Ei phen yn un briw mawr. Gwaed yn ei gwallt golau, y llif yn goch ond yn edrych yn ddu a gludiog.

Pan edrychais i fyny, roedd Dion yn syllu arna i. Roedd ei wyneb yn hollol wag, fel tasa fo'n teimlo dim byd o gwbl.

Symudodd Keira ei llaw draw at y gadair yn ei hymyl. Cadair Gwenno. Doedd hi ddim yn crio, ond ro'n i'n gallu gweld ar ei hwyneb ei bod hi'n rhy drist. Fod pethau'n rhy ofnadwy iddi, bechod. Do'n i ddim wedi meddwl o'r blaen fod 'na dristwch sydd mor ddrwg dach chi'n methu crio, ond ro'n i'n gweld hynny rŵan.

*

Y noson honno, pan o'n i fod yn cysgu, edrychais ar y we ar fy ffôn am beth oedd pobol yn ei ddeud am Gwenno Davies. Roedd o'n union beth fasach chi'n ei ddisgwyl – y rhan fwyaf o bobol yn glên, ambell un yn deud ei bod hi'n rhy ifanc i fod allan ar ei phen ei hun, ac yn deud bod ein hardal ni'n lle caled a fod pethau fel hyn yn digwydd o hyd.

Gorweddais yn fy ngwely, a dim ond sgrin fy ffôn yn goleuo 'ngwyneb. Gallwn glywed Mam yn gwylio'r teledu yn ei gwely. Roedd hi wedi troi'r newyddion i ffwrdd, o'r diwedd, ac roedd hi'n gwylio *Real Housewives* eto.

Edrychais ar wefan un o bapurau newydd mwyaf Prydain. Roedd y stori am Gwenno, a channoedd o sylwadau gan bobol ar draws y byd.

Sleep tight, beautiful angel xxxx
– Margaret, Milton Keynes

And this is why the UK need guns. Her killer needs finding and taken out. – Kevin M, Kansas City
RIP Gwenno, and sympathy to her devastated family.
So sad to see such a beautiful young woman taken too early.
– Michelle, Perth, Australia.

Darllenais bob un o'r sylwadau. Pob un. Roedd hi'n hanner awr wedi un cyn i mi roi fy ffôn i lawr ar y bwrdd bach, a chau fy llygaid. Ond wnes i ddim cysgu bryd hynny chwaith, achos roedd 'na rywbeth od am y ffordd roedd y bobol ar y we yn siarad am Gwenno.

Roedd pob un, bron, wedi sôn am y ffordd roedd hi'n edrych.

Beautiful. Angelic. Blonde. Blue-eyed. Stunning. Pretty.

A stunning young woman. An innocent beauty. Rhywle yn fy mhen roedd hyn i gyd yn golygu rhywbeth – y ffaith fod pawb fel tasan nhw'n meddwl bod hyn i gyd yn fwy trist am fod Gwenno'n ddel a bod ganddi wallt melyn a llygaid glas.

★

Digwyddodd rhywbeth annisgwyl y diwrnod wedyn.

Dydi o ddim yn rhywbeth mawr, neu ella'i fod o, ond yn rhywbeth nad ydych chi'n sylweddoli mor bwysig ydi o nes eich bod chi'n edrych yn ôl.

Cyrhaeddais adref o'r ysgol fel arfer, ond roedd Mam allan. Doedd hynny ddim yn anarferol – byddai'n gweithio oriau hir, weithiau tan wyth y nos os oedd hi'n haf a phobol am gael glanhau eu tai gwyliau. Doedd hi ddim wedi gadael nodyn i mi, felly helpais fy hun i frechdan menyn cnau a banana, a gorwedd yn ôl ar y soffa.

Dim ond wythnos oedd wedi mynd heibio ers i Gwenno farw, ac roedd 'rysgol yn teimlo'n hollol wahanol. Roedd pawb yn blino mor hawdd. Wrth gwrs, roedd 'na lot o grio, a lot fawr o heddlu, a doedd y ffotograffwyr ddim wedi symud o'u lle wrth giât yr ysgol. Ond y peth mwyaf od oedd yr athrawon. Mae'n rhaid fod Mr Lloyd wedi deud wrthyn nhw am fod yn glên efo pawb, yn enwedig ein dosbarth ni, felly doedd neb yn fodlon rhoi ffrae i ni. Ar ôl pedwar diwrnod, doedd neb yn trafferthu gwneud eu gwaith cartref. Mi wnaeth hanner y merched ddeud eu bod nhw'n rhy ddigalon i wneud Ymarfer Corff, ac er fod Mrs Doyle yn hen jadan fel arfer, wnaeth hi ddim byd ond nodio'n llawn cydymdeimlad. Yn y wers Saesneg, disgrifiodd Guto Wyn gymeriad Roger o *Lord of the Flies* fel 'bit of a prick', ac yn lle mynd yn wyllt a rhoi *detention* iddo fo, smaliodd Miss Einion fod dim byd wedi digwydd. Mewn ffordd, roedd o'n grêt ein bod ni'n cael gwneud fel roeddan ni isio, ond mewn ffordd arall, roedd pawb angen i bethau fod fel roeddan nhw o'r blaen.

Bu bron i mi gysgu ar y soffa nes i Mam ddod i mewn. Roedd hi'n gwisgo ei dillad gwaith, ac yn edrych yn ofnadwy o flinedig. Daeth i mewn ac edrych arna i cyn mynd i'r gegin a rhoi'r bagiau siopa i lawr.

'Iawn?'

'Yndw, diolch. Ti?'

'Paid â sôn.' Clywais y tegell yn cael ei droi ymlaen, a chypyrddau'r gegin yn agor a chau. 'Blydi hel, Shane, fedri di'm llnau ar d'ôl? Ma 'na friwsion dros bob man!'

'Sori.'

Codais, a symud i fy llofft. Doedd Mam ddim fel arfer yn biwis am bethau bach fel'na, felly gwell oedd cadw allan o'i ffordd. Doedd hi ddim yn hi ei hun.

Dim ond wedyn ges i wybod beth oedd wedi digwydd i'w rhoi hi mewn tymer ddrwg. Dim tan iddi fy alw i am swper, ac i ni'n dau eistedd o flaen y teledu efo bowlenni o basta mewn saws tomato ar ein gliniau. Gwenno oedd ar y sgrin eto, wrth gwrs, ac roedd clip o'i rhieni, yn ddagrau i gyd, yn eistedd o flaen poster o Gwenno, yn erfyn ar unrhyw un oedd yn gwybod unrhyw beth i ddeud wrth yr heddlu.

Sylwais fod Mam wedi stopio bwyta.

'Ti'n iawn?' gofynnais.

'Ma nhw'n bobol ryfedd, sti. Ddim yn iawn.'

Rhoddais fy fforc i lawr. Beth yn y byd ddaeth dros ei phen hi'n deud ffasiwn beth? A hynny am rieni oedd newydd golli eu merch yn y ffordd waethaf bosib? Doedd hyn ddim fel Mam. A ph'run bynnag, roedd hi wedi bod yn glanhau i deulu Gwenno ers blynyddoedd, ac roedd hi wastad yn deud pethau caredig amdanyn nhw.

'Mam!'

Dechreuodd Mam grio wedyn – jyst un ebychiad oedd yn swnio fel rhywbeth yn byrstio y tu mewn iddi. Syllais arni. Mae'n siŵr y dyliwn i fod wedi mynd draw i drio'i chysuro hi, ond wnes i ddim.

'Mam?'

A dyna pryd ddeudodd hi beth ddigwyddodd.

Pennod 3

Bore Iau oedd bore'r teulu Davies i Mam. Byddai'n gadael tŷ ni tua naw o'r gloch, ac yn gyrru i fyny i Llwyn. Erbyn hynny, byddai Gwenno yn yr ysgol, a'i rhieni wedi mynd allan. Byddai Mam yn glanhau a thacluso'r tŷ, gwneud y golch, ac unrhyw smwddio oedd i'w wneud. Byddai Mrs Davies – Glain – yn gadael arian iddi mewn amlen o dan y cloc ar y silff ben tân.

Ffermdy mawr oedd Llwyn, efo llawer o dir – mynydd cyfan, fwy neu lai. Ond roedd y teulu Davies yn ddigon cyfoethog i allu talu i bobol ddod i mewn i wneud y rhan fwyaf o'r gwaith budr. Er mai ffermwr oedd Celfyn, tad Gwenno, a'i fod o'n codi gyda'r wawr bob bore ac yn mynd allan ar ei feic cwad i archwilio'r mynydd, roedd o wastad yn dod yn ôl tua canol y bore. Byddai Mam yn deud ei fod o'n cyrraedd pan oedd hi ar ganol glanhau'r gegin neu'r ystafell ymolchi. Roedd o wastad yn garedig efo hi, meddai Mam, yn ddyn clên iawn.

Roedd Glain Davies, mam Gwenno, yn un o'r mamau crand, ariannog yna, oedd wastad yn gwenu achos doedd gynnon nhw ddim rheswm erioed i beidio gwneud. Roedd hi'n dal ac yn dlws, fel Gwenno, efo gwallt golau oedd yn edrych fel tasa fo wedi cael ei steilio mewn salon bob tro.

Gweithiai mewn siop ddillad crand ym Mangor, ond ro'n i'n amau ei bod hi'n gwneud hynny am ei bod hi'n bôrd yn hytrach na'i bod hi angen y pres. Roedd hi'n un o'r rhain sy'n smalio'i bod hi'n dlawd ond yn mynd ar wyliau dramor sawl gwaith y flwyddyn, ac yn talu £150 i gael gwneud ei gwallt mewn salon yng Nghaer.

Roedd pobol wrth eu boddau efo Glain Davies.

Ac ro'n i'n dallt pam, hefyd. Y ffordd roedd hi'n gwenu o hyd ac yn tynnu coes yn ffeind efo pawb, fel tasai'n ffrind gorau i bob un o bobol Bethesda. Hyd yn oed mewn noson rieni neu mewn cyngerdd ysgol roedd hi'n llwyddo i siarad efo pawb, chwerthin efo pawb. Gyda'i gilydd, edrychai hi a'i gŵr fel y cwpl perffaith.

*

Dwi'n siŵr eich bod chi wedi dyfalu'n barod 'mod i ddim yn ei licio hi. Do'n i ddim yn derbyn yr act neis-neis, ddim ar ôl y noson rieni ddiwethaf.

Yn neuadd yr ysgol roeddan ni, a'r athrawon yn eistedd wrth fyrddau o gwmpas y neuadd, a'r rhieni i gyd a ninnau'n cymryd ein tro i fynd i siarad efo nhw. Roedd Glain a Gwenno yno, ond ddim Celfyn.

Roedd Glain wrthi'n siarad ag un o'i ffrindiau, mam rhywun oedd yn debyg iawn iddi hi, wedi'i gwisgo'n grand i gyd ac yn edrych fel tasan nhw'n mynd allan am bryd o fwyd, ddim yn mynd i drafod gwaith eu plant. Roedd Mam a finnau angen mynd i weld Mr Francis, yr athro Daearyddiaeth, felly arweiniodd Mam y ffordd tuag ato, heibio i Glain.

'Saaaaaam!' meddai Glain wrth weld Mam yn pasio, a rhoddodd ei breichiau o gwmpas Mam a chusanu ei boch. 'Mor neis gweld ti!'

'Haia,' meddai Mam, sydd ddim y teip o ddynes sy'n cofleidio. Roedd ei gruddiau'n cochi, ond trodd Glain i gyflwyno Mam i'r ddynes arall.

'Dyma Sam. O mam bach, ma hi'n *anhygoel*,' meddai Glain. 'Un o fy hoff bobol yn Besda 'ma! 'Sa chi'ch dwy'n tynnu mlaen yn grêt!'

Gwenodd Mam wedyn. Dwn i ddim oedd unrhyw un wedi ei disgrifio fel 'anhygoel' erioed o'r blaen. Yn enwedig rhywun fel Glain. Trodd Glain ei llygaid ata i. 'A Shane! Ti 'di tyfu! Siŵr bo' nhw'n deud pethau *amazing* amdanat ti fama, tydyn? Ti'n gweithio mor galed!'

Dyna pryd sylwais i fod Gwenno yn sefyll y tu ôl iddi, yn edrych ar ei ffôn. Roedd hi'n amlwg yn aros i'w mam stopio malu cachu er mwyn cael mynd i siarad efo'r athrawon.

Gwenu wnes i, ond ddeudais i ddim byd. Doedd Glain ddim yn gwybod sut ro'n i'n ei wneud yn yr ysgol, na pha mor galed o'n i'n gweithio. Siarad gwag oedd hyn. Ond roedd rhywbeth am y ffordd roedd Glain yn gwenu oedd yn edrych yn hollol ddidwyll, fel tasa hi wir yn ei feddwl o. Dyna oedd yn anhygoel amdani. Roedd hi'n amhosib peidio'i licio hi.

Tebyg iawn i sut oedd Gwenno, a deud y gwir.

Sgwrsiodd Mam efo Glain a'i ffrind am ychydig, a wedyn deudodd Mam bod rhaid iddi fynd. Roedd y sedd o flaen Mr Francis yn wag, ac roedd hi am fachu ar y cyfle i siarad efo fo. Ffarweliodd Glain efo Mam gyda sws fawr, a 'Bydd

RAID i ni gael paned cyn bo hir!' a symudodd Mam a finnau i ffwrdd.

A dyna pryd glywais i Glain yn troi at ei ffrind ac yn deud, 'Bechod. Hi ydi'r *cleaner*.'

Bitsh. Teimlais y dicter yn syth, fod rhywun yn meiddio bod mor amharchus ac angharedig am waith Mam. Bechod? Doedd Mam ddim angen i unrhyw un deimlo bechod drosti, diolch yn fawr... Trois fy mhen yn ôl, ond nid Glain ddaliodd fy llygaid ond Gwenno. Edrychai i fyny ar ei mam mewn diflastod llwyr, yn gwybod cystal â fi pa mor ofnadwy roedd Glain yn swnio.

⋆

Ar y dydd Iau ar ôl marwolaeth Gwenno, bum diwrnod ar ôl i'w chorff hi gael ei ddarganfod, penderfynodd Mam beidio mynd i lanhau yn Llwyn. Roedd hi wedi tecstio Glain, y diwrnod ar ôl i Gwenno farw, rhywbeth fel 'Meddwl amdanoch xx'. Doedd hi ddim wedi disgwyl ateb, a doedd hi ddim wedi cael un chwaith. Ond penderfynodd aros i adael i Glain ddeud pryd oedd hi am ei chael i ailddechrau glanhau eto – doedd hi ddim am fod yn boen.

Ond ar y bore Iau, tua hanner awr wedi naw, canodd ffôn Mam. Roedd hi'n mwynhau bore rhydd, ac yn gwylio rhywbeth ar y teledu wrth fwyta ei thost.

Llamodd ei chalon o weld yr enw ar y sgrin. Glain Davies oedd yna.

'Helô?'

'Sam, pryd fyddi di'n cyrraedd? Mae'r tŷ 'ma'n afiach.'

Wrth gwrs, roedd Mam yn methu coelio'r peth. Roedd

llais Glain yn hollol glir a chadarn, fel tasa dim wedi digwydd.

'Glain... Dach chi'n...' Methodd Mam â gorffen y frawddeg.

Beth mae rhywun yn ei ddeud wrth ddynes pan mae ei merch wedi cael ei llofruddio?

'Wyt ti yna?' gofynnodd Glain ar ôl ychydig.

'Dwi mor sori am Gwenno,' meddai Mam o'r diwedd.

Ochneidiodd Glain. Ochenaid hir, dwfn, araf. 'Diolch.'

'O'n i ddim yn meddwl 'sa chi isio fi...'

'Fedri di ddod rŵan? Ma 'na olwg...'

'Iawn. Ia, iawn siŵr.'

Roedd Mam i fyny yn Llwyn o fewn deng munud, yn nerfau i gyd. Doedd ganddi ddim syniad beth i'w ddisgwyl. A fyddai pawb yn crio? Oedd y lle'n mynd i fod yn llawn heddlu? Oedd hi i fod i lanhau'r ystafelloedd i gyd, hyd yn oed os oedd 'na bobol o gwmpas? Roedd ceir diarth wedi eu parcio o flaen y tŷ, felly mae'n rhaid fod 'na ymwelwyr...

Fel arfer, aeth Mam i mewn drwy'r drws cefn. Roedd y tŷ yn dawel, a'r ystafell fach yn y cefn – yr ystafell lle roedd stwff llnau Mam, a'r peiriant golchi a'r hwfyr a'r holl gotiau a sgidiau – yn wag.

Tynnodd Mam anadl ddofn, ac i mewn â hi i'r gegin.

Prin wnaeth Glain edrych arni. Eisteddai wrth y bwrdd bwyd, papurau newydd wedi eu taenu drosto, fel rhyw liain bwrdd afiach, digalon o wynebau Gwenno, a phenawdau hyll: Dead Welsh Schoolgirl was "model student"; Searching For a Monster: Who Killed Gwenno Davies?; A Welsh Angel: A Community Mourns. Doedd neb arall yn y gegin, ond roedd llanast dyddiau o anhrefn – llestri budron, bwyd yn dechrau drewi, briwsion ar y llawr.

'Diolch am ddod,' meddai Glain, ei llais yn rhyfeddol o gadarn a'i llygaid ar yr erthyglau papur newydd.

Deudodd Mam wrtha i wedyn fod ymddygiad Glain yn rhyfedd iawn y diwrnod hwnnw.

Roedd hi'n edrych yn hollol normal.

Yn well, hyd yn oed, meddai Mam. Ei gwallt wedi ei wneud, ei cholur yn drwchus ar ei hwyneb. Roedd hi'n un o'r merched yna oedd wastad yn gwisgo persawr drud, a gallai Mam ei arogleuo yn y gegin, yn gymysg ag aroglau'r coffi a'r tost.

'Glain…' meddai Mam, gan symud yn agosach ati. 'Dwi mor mor sori. Dwi'm yn gwbo' be i ddeud.'

Edrychodd Glain i fyny arni fel tasa'r geiriau'n syndod iddi. Yna nodiodd yn araf. 'Diolch,' meddai, ei llais fel petai'n diolch am baned mewn caffi neu ffafr fach gan ffrind. 'Wnei di'r tŷ i gyd, plis? Ma 'na bobol yn dechra dod yma i gydymdeimlo. A mae Bedwyr wedi dod adra o'r coleg, a ti'n gwbod ffasiwn fochyn ydi o.'

'Ia, iawn,' sibrydodd Mam, gan feddwl fod Glain yn amlwg mewn sioc i fod yn actio mor normal â hyn.

'A fasat ti'n mynd â dillad adra i'w smwddio hefyd plis?' meddai Mam. 'Ma 'na bentwr yn y fasged olchi. Ei di byth drwyddyn nhw i gyd bore 'ma.'

A dyna fu. Mam yn trio bod mor dawel â phosib wrth iddi symud o gwmpas y tŷ, ac yn ceisio peidio bod yn y ffordd. Roedd pobol yn mynd a dod, ond fel arfer, doeddan nhw ddim yn cymryd sylw o Mam – dim ond ambell un yn nodio. Roedd Bedwyr yn yr ystafell fyw yn gwylio Netflix, ond ddeudodd o ddim byd, dim hyd yn oed edrych arni. (Roedd o'n methu deud ei fod o fel hyn achos be ddigwyddodd i Gwenno. Roedd o wastad wedi bod yn snob.) Welodd Mam mo Celfyn o gwbl, ond clywodd hi ei lais drwy ddrws ei stydi – yr unig ystafell yn y tŷ nad oedd hi'n ei glanhau – yn siarad ar y ffôn efo rhywun, ei lais yn simsan.

Ac ar ôl tacluso a glanhau popeth, dim ond un lle oedd ar ôl i fynd.

Syllodd Mam ar y drws.

Roedd arwydd bach pren arno, wedi bod yno ers pan oedd hi'n fach, a llun ceffyl bach yn y cefndir. GWENNO. Ei llofft hi.

Doedd gan Mam ddim syniad beth i'w wneud. Gwyddai'n iawn sut oedd yr ystafell yn edrych, wrth gwrs – wedi ei pheintio'n llwyd efo gliter yn y paent, a phopeth yn feddal ac yn foethus. Yn wahanol i Bedwyr, roedd Gwenno yn berson digon taclus, a heblaw am hwfro a chodi llwch, newid y dillad gwely a chael gwared ar ambell fỳg hanner llawn, doedd Mam byth yn gorfod gwneud rhyw lawer yno. Ond roedd hyd yn oed agor y drws yn teimlo'n od bellach. A, rhesymodd Mam, doedd 'na ddim peryg y byddai Glain eisiau cael llofft ei merch wedi ei lanhau… dim ar ôl…

'Mae'r dillad gwely angen eu newid.' Ymddangosodd Glain o'r parlwr, a hambwrdd o gwpanau gwag yn ei dwylo. Roedd ganddi ymwelwyr, ac roedd hi angen gwneud rownd arall o baneidiau. 'A dwi'n meddwl bod ei gwisg ysgol hi angen ei golchi hefyd.'

'Ydyn nhw, y cops, angen… Dwi'm yn gwbo'…' meddai Mam, ei llais yn gryg. Doedd ganddi ddim syniad beth i'w ddeud wrth Glain, a hithau'n ymddwyn mor od.

27

'Mae'r heddlu wedi bod yma. Maen nhw 'di neud popeth maen nhw angen ei neud.'

Nodiodd Mam, a theimlo mai'r peth olaf yn y byd roedd hi am ei wneud oedd mynd i mewn i'r ystafell.

Ond, wrth gwrs, roedd yn rhaid iddi. Dyna oedd ei gwaith hi.

Felly aeth Mam i mewn i ystafell Gwenno Davies, oedd wedi marw ers llai nag wythnos, a glanhau ei hystafell o'r top i'r gwaelod. Rhedai dagrau i lawr gruddiau Mam wrth iddi hwfro'r carped, oedd â briwsion ryw fisged roedd Gwenno wedi'i bwyta. Wylodd wrth iddi newid y dillad gwely, oedd yn arogli fel ei siampŵ hi a'r persawr FCUK roedd hi'n ei wisgo. Criodd Mam yn dawel wrth iddi olchi hoel y colur oddi ar y sinc yn yr *en-suite*, a chlirio'r blew o'r plwg yn y gawod, a sychu'r dotiau past dannedd oddi ar y drych.

Teimlai fel tasai'n cael gwared ar bob hoel o Gwenno.

Yna, eisteddodd Mam ar y gwely am ychydig er mwyn dod ati hi ei hun cyn ffarwelio â Glain. Doedd hi ddim am i neb wybod ei bod hi'n crio. Wedi'r cyfan, doedd neb arall yma'n colli'r un deigryn, ac mi fyddai wedi edrych yn od mai'r unig un oedd yn ypsetio oedd y ddynes glanhau.

Edrychodd o'i chwmpas a gweld llyfrau ysgol Gwenno, yr un rhai ag oedd gen i adref. Gwelodd y lluniau ohoni hi a'i ffrindiau mewn ffrâm ar y wal, a'r sythwrs gwallt wrth y drych, a phâr o sgidiau sodlau uchel coch, sgleiniog wrth y wardrob, yn dal efo'r sticeri ar y gwadnau, erioed wedi eu gwisgo.

Meddyliodd Mam wrth eistedd yno fod dim yn y byd yn fwy trist nag ystafell merch ifanc sydd wedi marw.

Pennod 4

'PEIDIWCH Â NEWID, hogia,' meddai Mr Lloyd. 'Fydd 'na'm gwers heddiw.'

'E? Pam?' meddai Llŷr, oedd wastad yn llawn egni ac felly'n byw er mwyn ffwti amser egwyl a gwersi Ymarfer Corff. Roedd y wers Maths a'r wers Hanes cyn hynny wedi golygu ei fod o'n ysu am gael mynd allan i redeg neu gicio pêl.

'D.C.I. Davies isio'ch gweld chi yn y neuadd,' atebodd Mr Lloyd. 'Sori, bois.'

Roedd y rhan fwyaf o'r hogiau yn flin, ond dwi'n casáu rygbi, felly doedd dim ots gen i. Biti hefyd, achos ges i fy enwi ar ôl chwaraewr rygbi o'r enw Shane Williams, achos bod Mam a Dad 'di cyfarfod yn y clwb rygbi ar ôl i Cymru ennill ryw gêm fawr. Ond boi pêl-droed ydw i, a dydi Dad heb gael gweld fi ers blynyddoedd. Dwi'm yn meddwl y bydda fo isio 'ngweld i, p'run bynnag.

Aeth pawb i'r neuadd, a gweld fod y genod yno'n barod – y rhan fwyaf o'r rheiny wrth eu boddau i beidio â chael gwers hoci. Ym mlaen y neuadd, safai Mr Lloyd a D.C.I. Davies, ac roedd dau gopar mewn iwnifform yn eistedd yn y cefn. Roedd Miss Elin yna hefyd, efo'i hwyneb llawn poen. Dwi'm yn siŵr be'n union ydi ei swydd hi, ond mae hi yn yr ysgol o hyd yn siarad efo pobol drist neu bobol sy'n cael amser caled neu bobol sy'n cael eu bwlio.

'Dowch 'ŵan, hogia,' meddai Mr Lloyd. 'Steddwch. Ma Karen fama jyst isio siarad efo chi'n benodol, am mai chi ydi dosbarth Gwenno.'

Crwydrodd bawb at y seddi ym mlaen y neuadd, ac eistedd. Fel arfer, dim ond Blwyddyn 7 oedd yn eistedd yn y blaen, felly roedd bod yn ôl yno yn teimlo'n rhyfedd.

Eisteddodd Dion wrth fy ymyl i.

Eisteddais innau i fyny'n syth, a thrio peidio edrych arno.

'Cwpwl o bethe, bois,' meddai Karen gan wenu'n glên ar bawb. 'Yn gynta, fi jyst moyn neud yn siŵr bo' chi gyd yn ocei...'

Doedd neb yn siŵr oeddan ni i fod i ateb ai peidio. A hyd yn oed petaen ni wedi gwybod, pa fath o gwestiwn oedd hynna? Arhosodd pawb yn dawel.

'Mae'n anodd, fi'n siŵr. Yn ofnadwy o anodd. Cofiwch nawr, mae Miss Elin 'ma i chi, ac mae cwnsela ar gael i unrhyw un ohonoch chi, unrhyw bryd. Mae'r cwnselydd yn swyddfa'r dirprwy drwy'r dydd, bob dydd, chi'n gallu mynd 'na pryd bynnag chi moyn, jyst am *chat*.'

Ro'n i'n gwybod fod ambell un o'r genod wedi bod at y cwnselydd yn barod, ond byddai'n well gen i gêm 24 awr o rygbi yn y glaw nag unrhyw beth fel'na.

Yn amlwg, roedd D.C.I. Davies wedi disgwyl rhyw fath o ymateb, achos roedd y rhesi o lygaid yn syllu'n ôl arni yn amlwg yn ei gwneud hi'n anghysurus. 'Ac y'n ni 'ma hefyd, wrth gwrs. Os o's unrhyw un yn galler meddwl am rywbeth fydde o ddiddordeb i ni, hyd yn o'd os chi'n meddwl fod e'n ddim byd... plis, gwedwch.'

Gwelais ambell un o'r dosbarth yn edrych ar ei gilydd pan ddeudodd hi hynny, a sibrwd. Wyddwn i ddim beth roeddan nhw'n ei ddeud, ond ro'n i'n dyfalu ei fod o'n rhywbeth am Gwenno, a'r ffordd roedd hi mor anodd gwybod beth oedd yn wybodaeth bwysig neu ddim. Wedi'r cyfan, mae 'na gymaint i'w ddeud am rywun.

'Drychwch,' ochneidiodd D.C.I. Davies, ei llais yn fwy normal rŵan, fel tasai hi'n berson arferol yn siarad efo ffrindiau a ddim yn gopar yn chwilio am wybodaeth. 'Ni'n dechre dod i wbod mwy am Gwenno nawr. Y Gwenno o'ch chi'n nabod. Nid yr angel berffeth sydd yn y newyddion, ond y Gwenno go iawn.'

Aeth pawb yn dawel, dawel. Teimlais Dion yn edrych arna i, ac edrychais innau'n ôl.

Beth oeddan nhw'n ei wybod amdani?

'Do's neb yn berffeth, o's e? A ni angen i chi fod yn hollol onest 'da ni. Mae 'da ni lot gwell cyfle o ddod o hyd i bwy nath hyn os ni'n gwbod popeth amdani. A ma hynna'n cynnwys y pethe fydde hi ddim moyn i'w rhieni wbod.'

Fedra i ddim deud wrthach chi rŵan am yr holl bethau a redodd drwy fy mhen. Ond roedd 'na lawer o atgofion, yr union fath o bethau y byddai D.C.I. Davies isio'u gwybod, a'r union fath o bethau na fyddwn i byth, byth yn eu cyfadda wrth gopar. A dwi'n siŵr fod pob un ohonan ni wedi meddwl yr un fath hefyd.

'Bydda i o gwmpas drwy'r dydd heddi,' meddai D.C.I. Davies. 'Dewch i 'ngweld i am sgwrs, ie, bois? Galle'r peth lleia am Gwenno fod yn gliw sy'n datrys hyn i gyd.' Ond roedd rhywbeth yn ei llais yn sylweddoli nad oedd unrhyw un ohonan ni am siarad.

Mae rhai pethau fyddach chi byth yn eu deud.

*

'Dan ni ddim i fod i adael tir yr ysgol amser cinio nac amser egwyl, ond wrth gwrs, mae pawb yn gwneud. Ddim bob dydd, ond mae o wastad yn digwydd ar ddyddiau Gwener, ac mae'n criw ni wastad yn mynd i lawr i Gaffi Brenda ar y Stryd Fawr. Cerddodd pawb o'r criw i lawr y llwybr ochr ac oddi ar dir yr ysgol heb orfod pasio'r nifer fawr o bobol papurau newydd a ffotograffwyr oedd yn dal i stelcian wrth y giât ffrynt. Rhyw fân siarad oeddan ni – Llŷr yn mwydro 'mhen i am y Premier League, ac ambell un yn sôn am y gwaith cartref Cymraeg oedd ddim wedi cael ei wneud. Roedd Caffi Brenda'n hanner gwag. Hen bobol fyddai'n dod yma fel arfer, yr un rhai bob dydd, a byddai'r rhan fwyaf o bobol yn mynd i Llwyad i fyny'r lôn, oedd yn gaffi neisiach ond drutach. Edrychodd pawb arnan ni wrth i ni eistedd, er eu bod nhw wedi hen arfer efo ni.

'Gryduras,' meddai Brenda, gan edrych ar y gadair wag y byddai Gwenno'n eistedd ynddi o hyd, wrth gwrs – dyna pam roedd pawb yn syllu. Iddyn nhw, Gwenno oedd yr hogan oedd yn dod yma efo ni bob dydd Gwener, a wastad yn archebu brechdan salad ham a chan o Dr Pepper. Wastad yn eistedd yn yr un gadair, ac wastad yn angylaidd, byth yn anghofio deud plis a diolch.

Ar ôl i Brenda gymryd ein harchebion, nodiodd Llŷr at y gadair wag.

'Dach chi'n sylweddoli ei bod hi wastad wedi neud hynna?' meddai.

''Dan ni i gyd wastad yn ista yn yr un cadeiria yn fama,' meddai Siwan. ''Dan ni wedi neud erioed.'

'Ia, ond dim ots lle oeddan ni'n mynd, o'dd hi wastad yn goro wynebu'r drws. Dach chi'n cofio? O'dd hi wastad yn sbio allan.'

Meddyliais am y peth, ac oedd, roedd o'n iawn. Yn yr ysgol neu mewn caffis neu ym Maccies ym Mangor, neu yn y Clwb Criced mewn parti neu hyd yn oed os oeddan ni jyst ar fainc ar y Stryd Fawr ar nos Sadwrn, roedd Gwenno wastad yn eistedd lle roedd hi'n gallu gweld orau. I wynebu'r byd, nid ei ffrindiau.

'*So what?*' gofynnodd Keira. ''O'dd hi'n licio gwylio pobol.'

'Dwi'm yn deud ei fod o'n golygu dim byd…' dechreuodd Llŷr.

'Wel, cau dy geg 'ta,' brathodd Dion yn ddiamynedd. 'Darllen i mewn i bob diawl o bob dim, jyst achos bod hi 'di marw. Callia, wir Dduw.'

Roedd tawelwch wedyn, achos dechreuodd Brenda ddod â'r bwyd draw at y bwrdd. Doedd neb yn meddwl fawr am yr hyn ddeudodd Dion, achos fel'na mae o – fel teriar bach, tawel nes mae o'n brathu.

Roedd Keira hanner ffordd drwy ei brechdan tiwna pan ddeudodd hi, 'Ella dylian ni ddeud wrth D.C.I. Karen. Sut oedd Gwenno go iawn.'

Edrychodd pawb arni, heblaw Siwan a ysgydwodd ei phen. 'Dwi 'di deutha chdi, dim dyna 'sa Gwenno isio…'

'Naci, dim dyna 'sa hi isio pan o'dd hi'n fyw!' atebodd

Keira, yn trio cadw'i llais yn ddigon tawel rhag i'r hen ferched yn y caffi ei chlywed hi. 'Ond ella fod angen i ni ddeud y gwir 'wan. Jyst fel bo' nhw'n gwbod…'

'Na.' Roedd fy llais yn fflat. 'Fedran ni ddim. A ti'n gwbod cystal â fi be 'sa Gwenno isio. Ma hi'n cael ei chofio fatha angel llwyr 'wan, fatha person perffaith. *Rhy* berffaith bron, fel tasa hi ddim yn normal.'

Yn sydyn, fflachiodd atgof i fy meddwl, atgof oedd yn teimlo'n wahanol i'r lleill, am ei fod o wedi byrstio'i ffordd i mewn i fy meddwl i ac, am eiliad neu ddwy, wedi cymryd drosodd, fel tasa dim lle yn fy mhen i'r byd go iawn. Mae'n siŵr ein bod ni i gyd wedi cael profiadau tebyg, pawb oedd yn nabod Gwenno, yr atgofion lliwgar, pwerus yma. Ond fi oedd biau'r atgof yma, dim ond fi, a doedd neb yn gwybod ei fod o gen i.

Y chwarel, a'r haul yn trio torri drwy'r cymylau llwydion trwm. Y llechi'n dal i sychu, patshys gwlyb tywyll yn araf oleuo ar ôl cawod yn y bore, a Gwenno mewn côt law oren llachar, ei hwd dros ei phen er ei bod hi wedi brafio. Gallwn weld fod ei gwallt golau'n donnau blêr o dan ei hwd. Doedd hi ddim wedi trafferthu eu sythu.

Roedd hi'n gwenu arna i, ac yn crio hefyd.

'Shaney! 'Nest ti ddod â Haribos i fi?!'

'Fel'na oedd hi,' cytunodd Siwan yn dawel, yn ôl yn y caffi, a gwasgais yr atgof o'm meddwl. 'Ma hi 'di mynd, Keira. 'Dan ni'n methu newid hynna. Gad iddi fod 'wan.'

'Ond ma 'na rywun wedi'i lladd hi!' meddai Keira mewn llais bach, ac er mawr cywilydd i mi, yr unig beth a ddaeth i fy meddwl i bryd hynny oedd faint oedd Keira'n mynd ar fy nerfau i, efo'i hofn a'i dagrau a'r ffaith ei bod hi'n mynd ymlaen ac ymlaen am bethau nad oedd hi'n gallu'u newid.

Byddai Gwenno wedi bod llawer callach.

Pennod 5

R o'n i wedi bod yn osgoi Dion ers dyddiau, ond y noson honno mi wnes i gytuno i fynd i gwrdd â fo allan ym Mharc Meurig. Fan'no roeddan ni'n tueddu i fynd gyda'r nosau os nad oedd hi'n bwrw, achos roedd o'n ddigon agos i ganol y pentref ond hefyd yn ddigon cysgodol i fod yn bell o bob man. Roedd rhaid cerdded i lawr heibio talcen yr hen fecws, a chroesi pont droed fach dros afon Ogwen, ac wedyn roedd 'na barc chwarae efo siglenni a sleid a ballu, ond hefyd filltiroedd o lwybrau drwy goedwig braf. Roedd rhywun yn gallu cerdded i Dregarth ffordd yma, neu Fynydd Llandygái, neu hyd yn oed dros y mynydd i Riwlas os oedd gennoch chi lwyth o amynedd a thua pedair awr. Ar ochr arall llwybrau'r parc roedd y lôn, ac wedyn y chwarel.

Roeddan ni wastad yn cwrdd wrth y siglenni, achos i fan'na roedd pawb yn mynd pan doedd ganddyn nhw nunlla i fynd. Ond roedd 'na bobol eraill yna heno, ryw genod Blwyddyn 9 ac ambell foi Blwyddyn 10, felly aeth Dion a finnau i lawr at yr afon. Roedd Dion wedi dwyn cwpwl o smôcs o baced ei fam, felly er nad oeddan ni'n smocio lot, mi gymerodd y ddau ohonan ni sigarét yr un. Roedd y nos yn hollol ddu, a dim ond y tân bach oren a'r tonnau bach ar yr afon yn ein goleuo ni.

'Ti'n meddwl fydd Keira'n siarad efo'r copar?' gofynnodd Dion.

'Na. 'Sa hi mond yn gwneud iddi hi'i hun edrych yn wael. 'Sa neb am siarad.'

'Ti 'di bod yn dawal iawn.' Fedrwn i ddim gweld wyneb Dion ond roedd ei lais yn fflat, fel petai o wedi cael llond bol arna i.

'Mam ddim isio i mi fynd allan. Fel maen nhw, 'de. Dwi 'di deud wrthi 'mod i yn nhŷ Llŷr 'wan.'

'Ma pawb yn meddwl fod 'na lofrudd allan yna, dydyn.'

'Wel, *mae* 'na, Dion.'

Do'n i heb feddwl am y peth o'r blaen. Er fod pawb wedi bod yn mynd ymlaen ac ymlaen am beryglon, ac wedi deud nad oeddan ni am fynd i unrhyw le ar ein pennau ein hunain, na mynd i Barc Meurig nac i'r chwarel heb fod 'na griw ohonan ni, ro'n i wedi bod yn meddwl amdano fo fel un o'r pethau afresymol roedd oedolion yn ei ddeud. Achos, wrth gwrs, doedd dim peryg i ni, oedd 'na?

'Ti 'di deud wrth unrhyw un am nos Sadwrn?'

'Naddo, siŵr Dduw.'

'Gwna di'n siŵr bod ti'n cadw dy geg ar gau. Does 'na'm *point*, Shane, ti'n dallt?'

'Yndw, siŵr Dduw. Dwi'm yn thic, nadw.'

'Na, ond ti'n rhy neis weithia. Ma hi 'di mynd. 'Dan ni'n methu newid hynna.'

'Neith o'm digwydd eto, na neith?'

Ochneidiodd Dion. Gwelais flaen ei sigarét yn goleuo'n boethach wrth iddo sugno ar ei smôc.

'Pwy arall? Mond Gwenno oedd 'na.'

★

'Ma llechi'n wahanol.'

Gwenno yn y chwarel un bore, ddim mor hir â hynny'n ôl. Dim ond hi a fi, achos doedd neb yn gwybod, bryd hynny, fod 'na adegau oedd yn perthyn i dim ond ni'n dau.

Ro'n i 'di prynu baco, Rizlas a ffiltyrs gan Huw – y drygi o Flwyddyn 13 – ac roedd Gwenno a finna'n eistedd ar lechen fawr fflat yn nhop y chwarel yn sbio i lawr ar y pentref ac yn dysgu sut i rolio smôcs. Ro'n i'n rybish, roedden nhw'n gam i gyd, ond roedd ei bysedd hi, ei gwinedd nhw efo paent glas tywyll wedi hanner plicio i ffwrdd, yn edrych yn berffaith wrth iddi rolio.

'Be ti'n feddwl? Jyst llechi ydyn nhw.'

Tynnodd Gwenno ei thafod allan i lyfu'r papur Rizla i'w wneud yn stici, ac yna gorffen rholio smôc arall. Roedd o'n berffaith, wrth gwrs.

'Ma cerrig erill yn oer, ond llechi, maen nhw'n amsugno'r gwres, dydyn? Ti 'di sylwi?'

Do'n i ddim, ond wnes i ddim ateb, dim ond rhoi cledr fy llaw ar y lechen ro'n i'n eistedd arni, a theimlo'r cynhesrwydd ynddi.

'Fatha... cerrig beddi. Ti'n gweld, ma'r rhai posh gwyn 'na, sti, y rhai sy'n sgleinio, ma nhw'n oer o hyd. Un fel'na sgin Nain. Ond ma'r hen rai, y rhai llechi... wel, os ti'n twtsiad nhw, ma nhw bron fatha twtsiad croen person. Y math yna o gynnas.'

'Paid â malu cachu.' Ysgydwais fy mhen, a chodi leitar at fy smôc eto. Ro'n i wedi'i rolio fo mor wael, roedd o'n diffodd bob munud.

'Na, na, dwi'n feddwl o! Tria.'

Cododd Gwenno a dod ata i, gan gadw ei smôc yn ei

cheg wrth iddi godi llechen yr un maint â'i llaw o'r llawr. Gwyliodd fy ymateb wrth iddi roi'r llechen i gyffwrdd fy moch. Daliodd hi yna am rai eiliadau.

Roedd o'n wir. Roedd hi *yn* debyg i gnawd. Symudais fy mhen ychydig bach i'w theimlo'n well, a dechreuodd Gwenno chwerthin, y smôc rhwng ei dannedd gwyn yn mygu fel hen simdda.

'Ddeudish i, do! Meddylia lwcus 'dan ni, yn byw wrth chwaral sy'n llawn o'r teimlad yna. Teimlad wbath byw.'

*

Yn yr wythnos gyntaf ar ôl i Gwenno farw, daeth hi'n amlwg beth oedd yr heddlu yn ei wybod am y nos Sadwrn honno. Roedd y papurau newydd a'r newyddion ar y teledu a'r radio yn llawn o'r stori. Roedd 'na rai rhannau ohoni yn amlwg, a rhai nad o'n i'n gwybod sut oeddan nhw wedi cael y wybodaeth – nid fod llawer o ots. Doeddan nhw ddim yn gwybod y cyfan. Ddim yn agos.

Dwi ddim yn licio sgwennu ar gyfer gwaith ysgol – dwi ddim yn dda iawn am ei wneud o, dyna pam. Ond dwi *yn* licio sgwennu. Gwneud rhestrau, math yna o beth. Dwi'm yn deud wrth neb, mi fasan nhw'n chwerthin ar fy mhen i. Ond mae o'n helpu, weithiau, i gael trefn ar fy meddwl – pan ma gen i lawer o waith cartref, neu pan mae hen bethau hyll yn dod yn ôl i fy mhen.

Felly mi benderfynais i wneud rhestr o'r hyn roeddan nhw'n ei wybod am Gwenno ar y nos Sadwrn uffernol.

- Yn y bore, roedd hi wedi mynd i siopa i Landudno efo'i mam. Cafodd ddillad newydd, ac mi aeth y ddwy i gael cinio (er, roedd Gwenno a'i mam yn reit llym efo'u hunain am beth oeddan nhw'n ei fwyta, felly mae'n siŵr mai ryw salad fyddai eu cinio nhw wedi bod.)

- Ar ôl dod adref, aeth Gwenno i'w llofft a deud wrth ei rhieni ei bod hi'n gwneud ei gwaith cartref. Mewn gwirionedd, mae ei chyfrifon ar-lein yn dangos ei bod hi wedi postio *selfie* am 3.27, yn gwenu wrth eistedd, coesau teiliwr, ar ei gwely. Roedd hi'n gwisgo hwdi du a'r hwd i fyny. Mae pobol yn meddwl fod hwdi yn cŵl ar berson sydd efo pres, ac yn fygythiol ar bobol sydd heb.

- Drwy'r pnawn, bu Gwenno'n danfon negeseuon i'r grŵp roedd ganddi hi, Siwan a Keira. Roedd gan yr heddlu gopïau o'r negeseuon yma, ac er nad o'n i wedi'u gweld nhw, roedd Siwan a Keira wedi deud wrth bawb beth oedd ynddyn nhw – sôn am fynd allan i Barc Meurig y noson honno, beth oeddan nhw'n mynd i'w wisgo, Siwan yn cwyno am ei rhieni a Gwenno'n glên efo hi. Roedd y negeseuon yn hollol, hollol normal.

- Cafodd swper gyda'i theulu tua hanner awr wedi chwech – cebábs cartref a salad, ac am fod ei theulu yn ffasiynol ac yn meddwl eu bod nhw'n cŵl, gwydriad o win hefyd. Dros swper, meddai Glain a Celfyn Davies, roedd y tri wedi trafod gwyliau'r haf, a'r posibilrwydd o fynd i Baris. Deudodd Gwenno wrthyn nhw fod ganddi lawer o waith cartref i'w wneud y diwrnod wedyn, felly na fyddai'n gallu mynd am dro hir efo nhw, fel roedd Celfyn wedi awgrymu.

- Am hanner awr wedi saith, aeth Celfyn â Gwenno i lawr i Fethesda yn y car, a'i gadael wrth dŷ Siwan cyn iddo droi am adref. Aeth Siwan a Gwenno i lawr i nôl Keira, ac yna ymlaen i Barc Meurig.

- Roedd Gwenno'n gwisgo jîns, sgidiau rhedeg gwyn, crys-t pinc, siwmper wen efo ADIDAS ar y canol, a siaced denim newydd. Roedd hi'n cario bag bach oedd yn cynnwys potel fach o fodca, ei ffôn, colur, ei cherdyn banc, a *charger* ffôn.

- Roedd 'na griw mawr ym Mharc Meurig, ond roedd Gwenno efo'n criw ni y rhan fwyaf o'r noson. Mae'r heddlu, dwi'n meddwl, yn gweld mai aelodau'n criw ni ydi Gwenno, Keira, Siwan, Dion, Llŷr, fi. Roeddan ni mewn rhan fach greigiog yng nghanol y coed, ond roedd 'na lawer o bobol o'n cwmpas ni.

- Roedd pawb yn yfed, pawb yn siarad efo'i gilydd, a phawb wedi meddwi, o leia dipyn bach. Dwi'n meddwl fod 'na ffeit wedi bod rhwng rhai o'r genod o Flwyddyn 9 ar ryw bwynt, ond doedd o'n ddim byd i'w wneud efo ni. Ac mae 'na wastad ffraeo pan ma pobol yn yfed.

- Y cynllun oedd i Gwenno aros yn nhŷ Keira'r noson honno. Roedd hynny'n digwydd yn aml, achos fod Llwyn yn rhy bell o Fethesda i Gwenno allu cerdded adref.

- Doedd neb yn cofio'n iawn be ddigwyddodd ar ddiwedd y noson. Roedd Llŷr wedi copio off efo Siwan ar ddechrau'r noson. Roedd hynny'n digwydd yn reit aml, dwi'm yn gwybod pam nad oedd y ddau'n mynd allan efo'i gilydd yn iawn. Roedd Keira wedi mynd efo hogan oedd yn Chwech Un, a doedd neb wedi ei gweld hi ers ryw hanner awr. Ond doedd neb yn poeni amdani chwaith. Ro'n i a Dion wedi mynd i siarad efo

genod oedd yn ein blwyddyn ni (ond chawson ni fawr
o lwc efo nhw).

- Roedd ambell un oedd ym Mharc Meurig wedi sylwi
ar Gwenno ar ddiwedd y noson. Roedd hi'n sgwrsio
efo pawb, yn chwerthin, ac yn feddw iawn. Ond roedd
pawb yr un fath.

- Mae un hogan, un o genod Blwyddyn 8 oedd yn
cerdded o'r parc i gyfeiriad Stryd Fawr Bethesda tua
11 i gwrdd â'i mam oedd yn dod i'w nôl hi yn y car,
yn deud iddi weld Gwenno yn baglu ar hyd y llwybr
oedd yn arwain drwy'r coed tua'r chwarel. Roedd hi'n
siarad ar ei ffôn efo rhywun. Roedd yr hogan yn siŵr
fod ei bag efo Gwenno – roedd hi'n cofio'i gweld hi'n
stryffaglio i gau'r sip.

- Ar ôl darfod be bynnag roedd hi'n ei wneud, aeth
Keira i chwilio am Gwenno, ond doedd honno ddim
yn ateb ei ffôn. Roedd yr heddlu wedi archwilio ffôn
Keira, ac wedi sylwi ei bod hi wedi trio ffonio bump
o weithiau. Ond mae'r genod yn sôn am rywbeth
maen nhw'n ei alw'n *girl code*. Os oes un ohonyn
nhw'n mynd AWOL, mae'n siŵr mai wedi copio off
mae hi a'i bod hi'n aros yn rhywle dydi hi'm i fod.
Pan mae hynny'n digwydd, mae ffrindiau'n gorfod
deud celwydd wrth rieni ynglŷn â lle maen nhw.
Felly adref aeth Keira, a chymryd fod Gwenno efo
ryw foi yn rhywle.

- Y bore wedyn, ffoniodd Keira Gwenno eto, ond roedd
yr alwad yn mynd yn syth i'r peiriant ateb, a doedd ei
negeseuon hi ddim yn cael eu darllen ar y cyfryngau
cymdeithasol chwaith. Doedd Keira ddim yn poeni i

ddechrau – mae'n siŵr fod Gwenno wedi cael KO yn rhywle, a'i ffôn wedi rhedeg allan o fatri.

- Ceisiodd Glain gysylltu efo Gwenno tua canol y bore, i drefnu i ddod i'w nôl hi adref. Ar ôl peidio cael ateb, cysylltodd â Keira, a ddeudodd gelwydd, gan drio peidio cael Gwenno i drwbwl. Deudodd fod Gwenno yn y gawod, a'i bod wedi cysgu'n hwyr. Deudodd Glain y byddai yno i'w nôl hi am ddau, cyn cael cinio dydd Sul hwyr. Dyna pryd aeth Keira i ychydig o banig. Roedd rhaid i Gwenno fod yno erbyn 2, er mwyn cynnal y celwydd ei bod hi wedi aros yn nhŷ Keira ar y nos Sadwrn. Danfonodd neges i'r grŵp ohonan ni, gan obeithio, dwi'n meddwl, mai efo fi neu Dion neu Llŷr oedd Gwenno. Ond wrth gwrs, roedd hynny wastad yn mynd i fod yn annhebygol iawn.

- Tua'r un amser, roedd dyn o Dregarth wedi mynd i redeg. Roedd o wedi troi i fyny wrth Ogwen Bank tuag at y lle *zip wire*, ac mi arafodd wrth gyrraedd pen yr allt, allan o wynt. Dyna lle dach chi'n gallu dechrau gweld y llyn, felly pwyllodd am funud i edrych i lawr. Wedyn mi drodd yn ôl, a gweld rhywbeth yn y pellter lle roedd y mynydd yn ddim byd ond llechi. Rhywbeth, neu rywun. Jogiodd draw gan feddwl bod rhywun angen help, ond wrth gwrs roedd hi'n rhy hwyr. Roedd Gwenno wedi marw ers oriau.

- Roedd ei bag, a phopeth oedd ynddo, ar goll. Roedd ei dillad i gyd amdani. Doedd neb wedi ymosod arni'n rhywiol na dim byd felly, a doedd dim arwydd ei bod hi wedi bod yn cwffio. Dim ond un anaf mawr i'w phen, lle roedd rhywun wedi ei tharo â rhywbeth

mawr, trwm. Wrth gwrs, roedd darnau mawr, trwm
o lechi o'i chwmpas i gyd, pob un yn arf posib.

- Ffoniwyd yr heddlu, wrth gwrs, ac wrth iddyn nhw
  fynd i ymchwilio, roedd Keira'n ffonio pawb yn trio
  dod o hyd i Gwenno. Roedd Celfyn wedi troi i fyny i'w
  nôl hi o dŷ Keira, a hithau wedyn wedi gorfod cyfaddef
  y gwir – doedd hi ddim yn siŵr ble roedd Gwenno, ond
  roedd hi'n siŵr ei bod hi'n ocê. Cysgu yn rywle oedd
  hi, mae'n debyg, a byddai'n deffro yn nhŷ rhyw ffrind
  mewn ychydig efo coblyn o hangofyr. Ond wrth i Keira
  wneud yr esgusodion yma, roedd sŵn ceir heddlu yn
  sgrechian dros y pentref wrth iddyn nhw sgrialu am
  y chwarel, a deudodd Keira wedyn fod Celfyn wedi
  edrych i gyfeiriad y sŵn, a fod ei wyneb wedi 'plygu
  i gyd, fel bag plastig.' Trodd at Keira a gofyn, 'Fydd
  'na'm byd 'di digwydd iddi, na fydd?' Un o'r ychydig
  o bethau gonest roedd Keira wedi'i ddeud wrth yr
  heddlu oedd mai dyna y byddai'n ei gofio am byth – y
  geiriau yna, a'r gobaith yn wyneb Celfyn. Dyna pryd y
  cafodd Keira deimlad uffernol fod rhywbeth ofnadwy
  wedi digwydd.

Dyna fo. Dyna oedd fy rhestr i o beth oedd yr heddlu'n
ei wybod. Treuliais fin nos cyfan yn ei sgwennu, ac mi
gadwais i o o dan y fatres rhag ofn i Mam ddod o hyd iddo a
meddwl 'mod i'n od am ei sgwennu allan fel 'na. Ond ro'n i'n
edrych arno bob nos, ac yn trio meddwl be oedd yr heddlu'n
ei feddwl. Iddyn nhw, edrychai fel tasa Gwenno wedi copio
off efo rhywun, neu wedi trefnu i gwrdd â rhywun, a'i bod
hi wedi meddwi a bod braidd yn ffôl yn colli ei ffrindiau.

Mae'n siŵr eu bod nhw'n dyfalu mai ryw ddyn diarth oedd wedi mynd â hi, wedi ei lladd hi am nad oedd hi isio mynd efo fo neu rywbeth.

Ro'n i wir yn gobeithio mai dyna oedd yr heddlu'n amau, beth bynnag.

Achos doedd gynnon nhw ddim syniad. Dyna'r peth am D.C.I. Karen – doedd dim ots pa mor dda oedd hi'n gwneud ei swydd, achos waeth be oedd hi'n ei wneud, doedd hi byth yn mynd i gwrdd â Gwenno. Fyddai hi byth yn cael gwybod sut un oedd Gwenno, dim go iawn. Doedd ganddi ddim ond y cliwiau roedd Gwenno wedi'u gadael iddi, a dim byd arall. Waeth pa mor glyfar oedd yr heddlu, roedd Gwenno'n glyfrach na nhw.

Roedd hi wedi bod mor glyfar, mor *daclus* efo'r wybodaeth roedd hi wedi dangos i'r heddlu. Fel tasa…

Fel tasai'n gwybod fod hyn yn mynd i ddigwydd iddi.

Pennod 6

D WI'N CASÁU ANGLADDAU.
Fatha angladd Anti Cath pan o'n i ym Mlwyddyn 7, a'r ficar, neu bwy bynnag oedd o yn y Crem ym Mangor, yn mynd ymlaen amdani hi fel tasai hi'n santes. 'Dynes garedig, hael, er ei phroblemau yn siriol o hyd...' A finna'n sbio o gwmpas yn meddwl tybed oedd y boi 'ma wedi dod i'r angladd anghywir. Ro'n i'n cofio'r tro dwytha i mi weld Anti Cath pan drodd hi fyny i'n tŷ ni, allan o'i phen, ei llygaid yn rholio fel bod y darnau gwynion yn fawr fawr, a'r ffordd roedd hi'n sgrechian ar Mam fod arni ofn y bobol ddrwg efo cyllyll yn lle bysedd oedd yn cuddio dan ei gwely. Roedd hynny ychydig oriau cyn iddi ddringo i mewn i'r union wely ar ôl cymryd gormod o'i thablets, ac yn ddyddiau cyn i rywun ddod o hyd iddi dan y dwfe, ei chorff marw'n dal yn dynn mewn cyllell fara, yn amlwg wedi marw'n llawn ofn y bwystfilod dan ei gwely.

Felly ro'n i'n gwybod o brofiad fod angladdau'n aml yn ddim byd i'w wneud efo'r bobol oedd wedi marw.

Do'n i ddim wir isio mynd i angladd Gwenno. Ro'n i'n gwybod y byddai o'n beth enfawr, a llwyth o gamerâu yno. A beth bynnag, pwy sydd isio mynd i wylio pobol eraill yn crio?

'Paid â bod yn stiwpid,' meddai Mam ar fore'r angladd. 'Rhaid i ni fynd, siŵr Dduw.'

'Pam? Fydd 'na neb yn sylwi os 'dan ni'm yna,' atebais, gan wisgo fy nghrys ysgol. Dydd Gwener oedd hi, bron bythefnos ers y lladd, ond roedd yr ysgol wedi cau achos yr angladd, a doedd gen i ddim crys arall oedd yn addas i'w wisgo. Roedd Mam wedi prynu tei du i fi ym Mangor, ac roedd gen i fy sgidiau a 'nhrowsus ysgol parchus.

'Dim dyna'r pwynt, naci. Ty'd 'ŵan.'

Roedd Mam yn gwisgo yn union be oedd amdani bum mlynedd ynghynt i angladd Anti Cath, a'r un peth ag oedd hi'n gwisgo i bob noson allan bron yn y cyfamser. Trowsus du. Crys du. Sgidiau sodlau reit uchel, oedd yn anarferol iawn iddi hi, a siaced ddu. Ond roedd ychydig o'r du wedi pylu yn y golch o siaced Mam a 'nhrowsus i, felly roeddan nhw'n llwyd tywyll, tywyll.

Roedd golwg y diawl arnan ni.

Yng Nghapel Jeriwsalem ar y Stryd Fawr oedd yr angladd – capel mawr, hen ffasiwn. Fan'no roeddan ni'n cael gwasanaeth diolchgarwch a gwasanaeth carolau'r ysgol. I fan'no roedd Gwenno wedi mynd i'r ysgol Sul pan oedd hi'n hogan fach, i ddysgu am Dduw a Iesu Grist a phechodau.

Wrth gwrs, roedd y lle'n orlawn. Aeth Mam a fi'n weddol gynnar, a cael a chael oedd hi i ni gael lle i eistedd o gwbl, a hynny i fyny'r grisiau yn yr ochr. Roedd y criw i gyd yna – Keira efo'i mam; Siwan a Llŷr efo'i gilydd, a'u rhieni'n eistedd bob ochr iddyn nhw; Dion efo cwpwl o hogiau o'r tîm pêl-droed. Dwi'n meddwl fod pawb o'r ysgol yno, fwy neu lai. Roedd Mr Lloyd tua'r blaen. Er mai fo oedd y prifathro, do'n i rioed wedi ei weld o'n gwisgo siwt o'r blaen.

Dechreuodd yr organ, a throdd pawb oedd yn eistedd i lawr y grisiau i edrych rownd. Roedd yr arch yn dod i mewn, un o'r rhai modern yna oedd yn edrych fel basged fawr. Roedd 'na flodau drosti i gyd, blodau del hefyd, dim y math roeddech chi'n eu gweld ar werth mewn garejys neu'r rhai hyll dach chi'n eu gweld ar ddydd San Ffolant, ond rhai oedd yn edrych fel tasan nhw wedi tyfu yn y caeau o gwmpas Llanllechid neu Gwm Pen Llafar. Neu ym Mharc Meurig.

Dwi ddim yn foi crio, ond roedd y blodau yn berffaith i Gwenno. Mi fasa hi wedi bod wrth ei bodd efo nhw. Tasa hi wedi cael dewis, dwi bron yn siŵr mai dyna'r union rai fyddai wedi ei phlesio hi. Pwy oedd wedi eu dewis nhw, tybed? Ro'n i'n synnu fod gan unrhyw un yn ei theulu ffasiwn chwaeth, eu bod nhw'n ei hadnabod hi gystal.

Y blodau oedd yr unig beth iawn yn yr angladd. Y deyrnged gan Mr Lloyd, wel, doedd o ddim yn nabod Gwenno mwy nag oedd o'n nabod y gweddill ohonan ni. Y darlleniad o'r Beibl – doedd o ddim yn swnio fel Cymraeg go iawn, heb sôn am fod y math o iaith fasa'n golygu unrhyw beth i ni na Gwenno. Roedd 'na emynau, wrth gwrs, rhai roeddan ni mond yn gallu eu canu am ein bod ni'n gorfod eu canu nhw yn y gwasanaeth yn 'rysgol.

Gwyliais deulu Gwenno yn nhu blaen y capel.

Roedd Glain wir yn ddynes ddel. Roedd rhai o hogiau dosbarth ni wedi herian Gwenno am hynny weithiau, a hithau wastad wedi bod yn barod efo atebion crafog: 'Wrth gwrs bo' hi'n ffit. Mae'n fam i fi, 'ndi?!' Roedd hi'n pwyso ar ei gŵr, yn sniffian crio drwy'r gwasanaeth, ac roedd hwnnw'n hollol lonydd a thawel. Wnaeth o ddim crio, o'r hyn welais i, nac ymestyn i ddal llaw ei wraig nac edrych draw ar ei fab. Roedd Bedwyr wastad wedi bod yn bric, ond ro'n i'n teimlo bechod drosto fo. Roedd ei fam yn pwyso ar ei dad, a Bedwyr yn sefyll ychydig ymhellach i ffwrdd, ar ei ben ei hun. Mae'n siŵr ei fod o'n rhyfedd bod yn unig blentyn fel'na, yn sydyn iawn. Roedd 'na fwy o deulu – nain a dau daid, yncls ac antis a chyfnitherod oedd ddim hanner mor ddel ag oedd Gwenno wedi bod. Edrychai Bedwyr o gwmpas ar bawb, y capel llawn, yr holl bobol oedd wedi dod allan i ffarwelio efo'i chwaer. Doedd o ddim yn edrych fel tasai o wedi bod yn crio o gwbl chwaith.

Yr ail emyn, yr un jyst cyn i'r holl beth orffen, oedd 'Calon Lân'. Mae pawb yn dewis yr emyn yna i bob priodas ac angladd achos bod pawb yn ei gwybod hi, am eu bod nhw'n ei chanu hi mewn gemau ffwti a ballu. Dwi'm yn licio'r gân. Dim ond pobol gyfoethog 'sa'n deud wbath fel, 'Nid wy'n gofyn bywyd moethus'. Dydi calon lân yn dda i sod ôl pan dach chi'n oer ac isio bwyd.

'Nes i ganu, wrth gwrs. Roedd Mam yn crio erbyn hynny. Roedd pawb wrthi, heblaw am ambell un ohonan ni.

Ond yn lle meddwl am galon lân, ro'n i'n cofio ryw barti o ha dwytha i fyny yn y chwarel pan oedd pawb yn teimlo'n grêt am ei bod hi'n wyliau ac roedd hi'n boeth ac roedd pawb un ai'n feddw neu off eu pennau. Roedd yr hogiau hŷn wedi dod â'u ceir ac wedi parcio mewn cylch, eu goleuadau ymlaen, ac roedd pawb yn y canol yn dawnsio yn y golau. Dros lechi porffor y chwarel, roedd yr haul newydd fachlud, felly roedd yr awyr yn binc i gyd.

Gwenno oedd yng nghanol y dawnsio.

Dwi'm yn gwybod pam 'mod i wedi cymryd sylw ohoni o gwbl. Ro'n i'n mynd allan efo hogan o Ysgol Tryfan ar y pryd, Eva, oedd yn un deg chwech ac yn ffeind ond yn rhy wyllt ac yn rhy brofiadol am ei hoed. Roedd 'na lwyth o genod yno'r noson honno, pob un yn dawnsio yng ngoleuadau'r ceir, ond Gwenno dwi'n gofio'n fwy na dim – yn wirion o feddw, neu wedi cymryd ryw *uppers* – achos roedd hi'n dawnsio efo'i chorff i gyd, fel tasa 'na rywbeth y tu mewn iddi oedd yn gorfod cael ei ysgwyd allan. Roedd hi a Keira wedi rhoi gliter ar eu hwynebau ac roedd gruddiau Gwenno'n disgleirio, fel dagrau hyfryd, prydferth wedi marcio'i boch. Roedd hi'n gwenu wrth ddawnsio, ac o, roedd hi'n ddel. Yn berffaith. Ond yn wirioneddol ddychrynllyd hefyd, fel tasa hi ar y dibyn.

Dim ond y teulu oedd yn mynd â Gwenno i'r amlosgfa ar ôl y gwasanaeth yng Nghapel Jeriw, ond roedd 'na de angladd yn Llwyn wedyn. Roedd hynny'n beth clyfar, achos tasan nhw wedi cael y te yn rywle yn y pentref, byddai pawb wedi mynd yno. Ond fel oedd hi, dim ond y bobol efo ceir oedd yn gallu mynd i'r tŷ.

'Ty'd efo fi i helpu,' meddai Mam wrth i ni aros yn y dorf i adael y capel. Roedd hi wedi cytuno i fynd i fyny i'r te i weini bwyd a golchi llestri a ballu. Morwyn, fwy neu lai. Oeddan nhw'n mynd i'w thalu hi? Ofynnais i ddim hynny wrth Mam.

'No we,' atebais yn bendant. Do'n i ddim yn mynd i fan'no i ganol y bobol ddigalon i gael pawb yn gofyn i mi wneud paned arall a chlirio platiau. Do'n i ddim yn mynd i weini ar neb.

'Iawn. Wel, mi fydd raid iti sortio bwyd dy hun. A paid â mynd â neb 'nôl i'r tŷ. A paid ag aros allan heno, ocê? Ma 'na lofrudd allan yna, cofia.'

*

Y noson honno roedd te angladd go iawn Gwenno.

Mi fyddai'r rhieni wedi mynd yn mental. Roedd y cops wedi deud wrthan ni am beidio mynd allan heb oedolion ond, wrth gwrs, roeddan ni wedi hen arfer gwneud pethau doeddan ni ddim i fod i wneud. Roedd y rhan fwyaf o oedolion yn meddwl ein bod ni'n griw ufudd, da, call. Ac roeddan ni'n dda – yn dda am ddeud celwydd.

Roedd Parc Meurig yn llawn dop, ac roedd 'na bobol wedi bod yn brysur. Dim y rhan wrth ymyl y cae chwarae nac ar y llwybrau, ond yn y coed roedd llwyth o oleuadau bach ar y canghennau, rhai yn wyn a rhai bob lliw. Roedd 'na fiwsig yn chwarae, a rhywun wedi peintio enw Gwenno mewn llythrennau enfawr, taclus, gwyn i lawr bonyn y goeden fwyaf yn y lle. Roedd o'n disgleirio yn yr hanner goleuni.

'Os dwi'n marw, fel'ma dwisio mynd,' meddai Siwan.

Blydi twp o beth i'w ddeud, ond nath 'na neb ddadlau. Roedd criw ni i gyd yna, er fod Siwan, Llŷr a Keira wedi bod i fyny yn y te angladd am awran. Eisteddai'r tri ar y llawr tamp efo Dion a fi, ac roedd Llŷr wedi bachu pedair potel o broseco o'r cwpwrdd adref – roedd ei fam oedd wedi rhoi'r gorau i yfed am bod hi'n dew – ac roeddan ni'n eu pasio nhw o gwmpas, yn swigio'n syth o'r botel.

''Sa hi 'di lyfio hyn,' cytunodd Keira. 'Ma'n nyts, 'ndi? Ma hi 'di mynd go iawn.'

'Dyna dwi'n meddwl amdano fo,' meddai Llŷr yn dawel. 'Unwaith ti'n dod dros y sioc, ti'n dechra meddwl... Ma hi wedi mynd. Am byth. Wchi, ma'i stori hi wedi gorffan, do?'

Dwn i ddim os sylwodd unrhyw un arall ond ochneidiodd Siwan bryd hynny. Ochenaid fach, ddiamynedd. Edrychais arni mewn syndod, ond doedd neb arall fel tasan nhw wedi gweld.

'Be ti'n feddwl?' holodd Dion, oedd yn rholio smôc.

'Wel, 'dan ni am fynd yn hen, dydan? Fwy na thebyg, 'lly. 'Dan ni am adael ysgol, mynd i coleg ella, cael job. Priodi, plant. Y shit yna i gyd. Ond ma'i stori hi 'di darfod.'

Cymerais gip arall ar Siwan. Roedd ei cheg hi'n bwdlyd, wedi'i throi am allan fel tasai ar fin cael sws. Oedd hi'n pwdu?

''Sa hi 'di bod yn briliant am hynna i gyd, hefyd,' meddai Keira. 'Pasio arholiadau, mynd i brifysgol. 'Sa hi 'di priodi rhywun anhygoel a 'di cael plant hollol gojys.'

'O, ffo ffyc sêcs, rhowch gora i hyn,' meddai Siwan yn sydyn, a throdd pawb i edrych arni.

*

Dwi heb ddeud llawer iawn am Siwan, naddo?

Dwi ddim yn meddwl bod neb erioed wedi deud fawr ddim am Siwan, achos hi oedd un o ffrindiau gorau Gwenno, ac roedd pawb yn sbio ar Gwenno a phrin yn sylwi ar Siwan. Ers yr ysgol fach, roedd Gwenno, Siwan a Keira wedi bod yn driawd. Gwenno oedd y seren bob amser, am mai hi oedd y ddelaf, y glyfraf, y fwyaf cyfoethog a'r fwyaf poblogaidd.

Doedd Keira ddim mor ddisglair, ond roedd hi'n ddiddorol yn y ffordd mae pobol sydd wedi cael bywydau digalon yn ddiddorol. Ond Siwan? Dim byd. Roedd hi'n byw mewn tŷ ar stad efo'i mam a'i thad a'i brawd. Doeddan nhw ddim yn gyfoethog ond ddim yn dlawd chwaith. Roedd hi'n reit ddel, yn fach ac yn dywyll ac ychydig bach yn grwn, ond doedd ganddi mo'r un perffeithrwydd ag oedd gan Gwenno.

Fel ddeudais i o'r blaen, roedd 'na rywbeth rhyngddi hi a Llŷr, oedd yn byw ar yr un stad dai â hi, ac roedd eu rhieni nhw'n ffrindiau. A deud y gwir, mi fedrwn i ddychmygu'r ddau'n priodi un diwrnod ac yn cael dau o blant, yn prynu tŷ ar yr un stad, a'u plant nhw'n cael union yr un math o fywydau ag yr oeddan nhw wedi eu cael. Roedd o'n swnio'n fywyd reit neis. *Boring* o braf.

Ro'n i fy hun wedi copio off efo Siwan cwpwl o weithiau, a dwi'n meddwl fod Dion wedi neud unwaith y llynedd hefyd. Ond Llŷr roedd hi'n ei licio go iawn.

Doedd hi ddim yn hogan flin na chas, er ei bod hi'n gallu bod yn llym iawn am fec-yp a ffasiwn genod y tu ôl i'w cefnau nhw. Ond teip plesio pawb oedd Siwan, a dyna pam ei fod o'n gymaint o sioc i'w gweld hi'n gwylltio ar noson angladd Gwenno.

*

'E?' meddai Keira'n syn, gan syllu ar Siwan. Roedd pawb braidd yn feddw erbyn hyn, a Dion wedi dechrau pasio'r smôc o gwmpas y criw hefyd.

'Ma'n wirion bost,' atebodd Siwan, ei cheg yn gam i gyd. 'Sbïwch ar y bobol 'ma! Sbïwch heina!' Pwyntiodd at griw o genod Blwyddyn 8 oedd yn crio wrth siarad am Gwenno. 'Doeddan nhw'm hyd yn oed yn ei nabod hi!'

'Dim ots, nadi?!' meddai Keira, yn amlwg wedi synnu'n fwy na neb fod Siwan mor flin.

'Yndi mae o! Dach chi i gyd yn siarad amdani hi fel tasa hi'n rhywun arall! Wel, dwi 'di cael llond blydi bol arno fo. Ma'n bwlshit!'

Caeodd Llŷr ei lygaid, fel tasai wedi bod yn aros am hyn, a dyna pryd sylweddolais i fod 'na fwy i hyn i gyd nag oeddwn i fod yn gwybod. Cyfrinach oedd hi i fod, a do'n i ddim i fod yn ei gwybod hi. 'Peidiwch â gwrando arni hi, mae'n ypsét ac mae 'di bod yn yfad ers oria...'

'Paid *ti* â blydi dechra,' brathodd Siwan yn ôl, a welais i rioed mohoni'n edrych mor ddig. 'Chdi o bawb. 'Dan ni i gyd yn gwbod pam *ti* mor ypsét.'

'Dwi 'di methu wbath fama?' holodd Keira, gan edrych o un wyneb i'r llall.

Ymbalfalodd Siwan i godi ar ei thraed. Roedd hi wir yn feddw, ac mi gymerodd amser iddi ddod o hyd i'w balans.

''Dan ni'n smalio ei bod hi 'di bod mor blydi berffaith, pan o'dd hi'n cachu arnan ni i gyd mewn rhyw ffordd neu'i gilydd. A ma'n blydi *typical* fod hyn yn digwydd 'wan.' Chwifiodd ei llaw o gwmpas, gan edrych ar y goleuadau a'r paent a'r dorf yn dathlu Gwenno. 'Hyd yn oed pan ma hi 'di marw, ma hi'n manejo'i neud o'n berffaith.'

Dechreuodd Siwan faglu tuag at y bont fach am y pentref. Tasa hi wedi gwneud hynny, tasan ni wedi gadael iddi fynd, byddai pethau wedi bod yn wahanol. Byddai pawb wedi meddwl hogan mor uffernol oedd Siwan, yn eiddigeddus o'i ffrind hardd oedd yn ddim byd ond llwch rŵan.

Ond doedd Keira ddim yn gallu gadael i bethau fynd, wrth gwrs. Er fod Gwenno wedi mynd, hi oedd ei ffrind gorau ac roedd hi'n mynd i sefyll i fyny drosti. Llamodd ar ei thraed a syllu ar Siwan, yn edrych yn uffernol o galed.

'Be uffar sy'n bod efo chdi? Slagio Gwenno off fela? Mae 'di cael ei lladd! 'Dan ni mond 'di chladdu hi heddiw! Bitsh ddwl!'

Trodd Siwan yn ôl i'n wynebu ni.

'O, ocê,' meddai'n bwyllog ac yn goeglyd. 'Fi sy'n ddwl, ia? Wel, be am i chi ofyn iddo *fo* lle oedd o ar y noson fuodd Gwenno farw.' Pwyntiodd at Llŷr. 'Achos y dwytha welish i, roedd *o* yn y coed efo'i ddwylo fo drosti i gyd.'

Pennod 7

Roedd 'na leisiau yn tŷ ni y diwrnod wedyn.

Roedd hi wedi mynd yn noson hwyr uffernol arna i'r noson gynt, a do'n i heb gyrraedd adref tan tua dau, ddim ar ôl popeth ddigwyddodd ac ar ôl yr holl fodca a phroseco ddaru ni yfed. Roedd pethau wedi mynd yn wallgo braidd. Treuliodd Llŷr weddill y noson yn crio, ar ôl cyfaddef ei fod o wedi copio off efo Gwenno ar y noson fuodd hi farw.

'On i isio deud wrthach chi, ond o'n i ofn cael y bai am betha 'nes i ddim. A'th hi off ar ei phen ei hun wedyn...'

Roedd o'n torri ei galon, ac wrth gwrs ro'n i a gweddill y criw yn ei goelio fo. Fyddai o byth yn brifo Gwenno, dim fo. Roedd o'n rhy neis.

Smaliais fod yr wybodaeth yma'n sioc i mi. Do'n i ddim i fod i wybod, a byddai esbonio sut o'n i'n gwybod yn rhy gymhleth.

Dwi'n dda iawn am ddeud celwydd.

Mae'n siŵr ei bod hi tua amser cinio pan ddeffrais i, fy ngheg i'n grimp a blas hen smôcs yn afiach ar fy nhafod. Ro'n i'n dal yn fy nillad, hyd yn oed fy nghôt, ac roedd fy ffôn i wedi rhedeg allan o fatri. Rhaid 'mod i wedi'i dal hi go iawn.

Codais i fynd am bisiad. Ro'n i'n clywed lleisiau, ond ro'n i'n cymryd fod Mam yn smwddio o flaen y teledu eto.

Ro'n i wrthi'n brwsio 'nannedd pan sylweddolais i nad ar y teledu roedd y lleisiau. Roedd Mam yn siarad efo rhywun. Ac ro'n i'n nabod y llais.

Shit. D.C.I. Davies. D.C.I. 'Galwch-fi'n-Karen', y ddynes fach oedd mor desbret i wneud i ni goelio ei bod hi'n ein deall ni. Doedd gen i ddim mynadd efo hi. Doedd hi byth, byth yn mynd i ddal y llofrudd.

Felly pam oedd hi'n sniffian o'n cwmpas ni ar ddydd Sadwrn?

Agorais ddrws yr ystafell molchi, a chamu allan yn araf ac yn dawel. Bach ydi'n tŷ ni, felly ro'n i'n gallu clywed eu sgwrs nhw o'r landin. Eisteddais ar y gris top yn dawel, dawel.

Blydi hel.

Roedd Mam yn crio.

'Drychwch, fi'n gwbod bod hyn yn anodd i chi. Ond ni jyst moyn gwbod yn gwmws be ddigwyddodd. Wrth gwrs, ni 'di gweld ffôn Celfyn Davies, felly ni'n gwbod am y negeseuon, ond licech chi weud wrthon ni? Yn eich geirie eich hunan?'

Roedd Mam yn sniffian, ac roedd fy nyrnau i'n mynd yn dynnach ac yn dynnach.

Pa blydi negeseuon?

'O'dd o'n ffeind i ddechra. Ofnadwy o ffeind. O'n i wir yn licio fo, wchi, wel, dach chi 'di'i gwarfod o. Ma 'na wbath yn ddiniwad ynddo fo, yn does? A waeth pwy ydi o, dydi o ddim yn haeddu be ddigwyddodd. Ddim o gwbwl.'

Meddyliais am Celfyn. Tad Gwenno.

'Beth y'ch chi'n feddwl, ffeind?'

'O'dd o'n gneud coffis neis i fi pan o'n i'n mynd draw i llnau. Ma gynnon nhw un o'r peiriannau coffi posh 'na, wchi, ac o'dd o'n licio cael gneud. O'dd o'n gneud un i fi ar ôl i fi orffen llnau, ac yn ista i lawr efo fi am sgwrs. Dydi pobol ddim yn neud hynna efo merchaid llnau fel arfer, ein trin ni fatha ffrindia, 'lly. Wrth gwrs, roedd Glain allan yn y gwaith.'

'O'dd perthynas rywiol rhyngoch chi, Miss Jones?'

Iesu Grist!

'Na. Ond o'n i *yn* eitha ffansïo fo, ar un pwynt. O'dd o'n rhoi sylw i fi, doedd? A doedd gin i neb arall. Ma rhywun yn mynd i edrych mor anweledig pan ma nhw'n hŷn, dydi? Wel, ifanc dach chi, a del. 'Sa chi ddim yn gwbod.'

Mam yn ffansïo tad Gwenno? Fynta'n neud rhyw goffis posh afiach iddi? Ceisiais ddychmygu'r ddau yn eistedd am baned efo'i gilydd yng nghegin grand Llwyn, ond doedd o ddim yn ffitio'n iawn yn fy meddwl.

'Am beth o'ch chi'n siarad?'

'Bob dim. O'n i'n deud wrtho fo pan oedd pethau'n anodd. A weithia... weithia, o'dd o'n deud wbath tebyg. Sôn fod o a Glain ddim yn dod mlaen yn dda iawn. Fod o ddim yn meddwl 'sa'u priodas nhw'n para lot hirach. Dyna pryd ddechreuish i feddwl fod 'na wbath... Wel, ella'i fod o isio fi, go iawn.'

Clywais Mam yn ochneidio wedyn, ond do'n i ddim yn teimlo rhyw lawer o gydymdeimlad efo hi. Roedd yr holl beth yn troi arna i. Oedd hi wir wedi coelio y byddai boi ariannog, crand fatha Celfyn Davies, tad Gwenno, yn mynd i fynd off efo dynas fatha hi?

'Wedyn, un diwrnod… Shit, peth bach ydi o, doedd o'm byd rili… O'ddan ni'n cael panad, ac roedd o'n cwyno am Glain, yn deud bod hi ddim yn cymryd sylw ohono fo o gwbwl ddim mwy. Ac mi symudodd ei droed ryw chydig dan y bwrdd, i dwtsiad 'y nhroed i. Ac o'n i'n gwbod wedyn fod o isio mwy.'

Am ryw reswm, roedd yr un symudiad yna – troed Celfyn yn twtsiad troed Mam dan y bwrdd – yn ddigon i wneud i fi isio pynsho rhywbeth. Y bastad digywilydd iddo fo. Cymryd mantais fel'na.

'Ond ddigwyddodd dim byd?'

'Naddo, 'nes i dynnu'n ôl. Dwn i'm pam. O'n i'n meddwl bod o'n foi ffeind a del a ballu, ond o'dd o'n teimlo'n rhyfadd fod o'n talu fi i fod yna i llnau ei dŷ, a taswn i'n… wel, wchi… 'sa fo'n talu fi am wbath hollol wahanol wedyn, bysa?'

'Fi'n deall. Driodd e 'to?'

'Nath 'na rywbeth ddigwydd wedyn. O'ddan nhw'm yn cael fi i llnau mor aml, ac o'dd Glain yna bob tro o'n i'n mynd draw. Dwn i'm pam. Ond o'dd wbath yn sicr 'di newid.'

Roedd 'na saib wedyn, a llais newydd, gwahanol. Llais dyn. Mae'n rhaid fod ail heddwas yna hefyd, ond ei fod o wedi cau ei geg tan rŵan.

''Dan ni wedi siarad efo Mr a Mrs Davies ar ôl chwilio drwy ffôn Mr Davies. Mi ddywedon nhw mai *chi* oedd wedi symud eich troed dros droed Mr Davies dan y bwrdd, ac mai *chi* oedd wedi bod yn fflyrtio efo fo.'

Clywais anadl Mam yn cael ei sugno i mewn i'w cheg yn sydyn. Roedd hi wedi cael sioc.

'Wir i Dduw i chi, wnes i ddim! Go iawn! Faswn i ddim…

Ma'n flynyddoedd ers i mi fflyrtio efo neb, a 'swn i byth wedi meiddio gwneud efo boi oedd yn fòs i mi, fwy neu lai.'

'Dim ond ailadrodd yr hyn maen nhw wedi ei ddweud ydyn ni,' meddai D.C.I. Karen, ei llais yn gleniach na'r heddwas arall. Roeddan nhw'n gwneud y rwtîn gwd cop, bad cop. Roedd o mor blydi amlwg.

'Dach chi'm yn ama fi o ddim byd, nac dach?' gofynnodd Mam mewn llais gwan.

''Dan ni jyst yn trio cael darlun llawn o'r amgylchiadau oedd yng nghartref Gwenno,' meddai'r heddwas. 'Rŵan, y negeseuon testun 'ma...'

'Doeddan nhw'n ddim byd i ddechra. Celfyn yn diolch am y job llnau o'n i wedi'i neud. Deud ei fod o'n gwerthfawrogi. Wedyn tecsts yn gofyn o'n i'n iawn, ac un arall eto os nad o'n i'n atab yn syth. O'dd o'n rhoi swsus mawr ar ddiwedd pob tecst. Ro'n i'n ei ateb o, ond yn trio bod yn broffesiynol, wchi. Dim byd personol. Dim swsus. Ond wedyn roedd o'n tecstio eto, yn deud y medrwn i gysylltu ag o unrhyw bryd, y bysa fo'n dod draw pryd bynnag o'n i isio, ddydd neu nos, am sgwrs. Am sgwrs, neu unrhyw beth.'

Neu unrhyw beth. Y ffycin bastad iddo fo.

'Wnaethoch chi ei ffonio? Ddaeth o draw fan hyn o gwbl?'

'Naddo, erioed. Do'n i ddim yn licio'r sylw. Do'n i ddim yn ei ffansïo fo ddim mwy, am ei fod o mor *pushy*. Dwn i'm, ro'n i'n arfer meddwl ei fod o'n annwyl, ond roedd o fel hen ddyn budr. Crîp, wchi?'

'Ie.'

'Mae'r ddau beth yn agos iawn at ei gilydd, dydyn? Bod yn annwyl a bod yn crîp.'

'Ond mi wnaethoch chi barhau i fynd i'w tŷ nhw i llnau. Pam? Os oeddach chi'n teimlo mor anghyffyrddus?' Roedd llais yr heddwas yn galed, ac yn fy ngwylltio i. Dim ond boi oedd wedi bod efo digon o bob dim erioed fyddai'n gofyn y ffasiwn gwestiwn.

'O'n i angen y pres,' meddai Mam yn dawel, fel tasa ganddi gywilydd. 'Doedd gen i ddim dewis.'

'Miss Jones, weloch chi erioed unrhyw ffrae rhwng Mr a Mrs Davies? Neu Gwenno, falle?' gofynnodd D.C.I. Karen yn glên.

'Na. Roeddan nhw'n brysur. Welais i mohonyn nhw efo'i gilydd gymaint â hynny. A doedd Gwenno byth yn y tŷ pan o'n i'n llnau – roedd hi'n 'rysgol.'

'Diolch o galon i chi, Miss Jones. Chi 'di bod yn help mawr.' Clywais sbrings y soffa, oedd yn arwydd eu bod nhw wedi codi ar eu traed. Mi wnes i feddwl am symud o fy lle ar ben y grisiau er mwyn cuddio, ond beth oedd y pwynt? Do'n i ddim wedi gwneud dim byd o'i le. Felly eisteddais yna, a'u gweld nhw wrth iddyn nhw ddod allan o'r ystafell fyw ac at y drws ar waelod y grisiau. Welson nhw mohona i tan i mi siarad.

'Dydi Mam ddim yn wan, wchi.' Edrychodd y tri i fyny arna i. Ysgydwodd Mam ei phen, yn siomedig 'mod i wedi clywed popeth. 'Dach chi'n meddwl ei bod hi'n wan, yn mynd yn ôl i fan'na ar ôl i dad Gwenno drio hi on efo hi?'

'Ni ddim yn meddwl hynna o gwbwl.' Rhoddodd D.C.I. Karen y math o wên 'sa chi'n ei rhoi i blentyn bach chwech oed pan dach chi'n trio'u cael nhw i fihafio. 'Shane wyt ti, yfe?'

'Be sy raid i chi feddwl ydi sut fath o foi ydi o...'

'Shane, paid,' rhybuddiodd Mam, gan wybod yn iawn na fyddwn i'n stopio.

'Sut fath o foi sy'n rhoi un o'i weithwyr mewn sefyllfa mor anodd? Fflyrtio a tecstio a trio hi on, yn gwbod yn iawn fod Mam yn *gorfod* mynd i'w dŷ fo, yn *gorfod* treulio amser efo fo. Pa fath o foi sy'n *talu* rhywun ac yn haslo nhw am jymp?'

*

'Faint ma'n gostio i fynd ar y *zip wire*?'

Ro'n i a Gwenno'n eistedd ar ben y chwarel yn gwylio'r bobol yn mynd ar y weiren sip dros y dibyn ac i lawr. Diwrnod digon llwyd oedd hi, a doedd gen i ddim lot o amynedd bod allan. Tasa Gwenno heb fynnu, mi faswn i adra rŵan, neu yn nhŷ Llŷr yn cael snacs a cans gan ei fam glên wrth i ni chwarae FIFA.

'Llwyth. Ma'n uffernol o ddrud. Nath Mam a Dad neud o.'

'Do?'

'Do. Gynnon nhw lunia o'nyn nhw'n edrych fel idiyts.'

Gwyliodd Gwenno a finnau wrth i rywun arall fynd i lawr y weiran yn sgrechian mewn hanner ofn a hanner hapusrwydd. Dim ond blob mewn ofyrôls coch roeddan ni'n ei weld o'r fan hyn, ond roedd o'n rhyfedd, fel gwylio pry copyn ar we yn mynd o un pen y chwarel i'r llall. Mae'n rhaid bod yr olygfa'n anhygoel.

''Swn i'n licio cael go, tasa gin i bres.'

Trodd Gwenno i edrych arna i. 'Fasa ti?'

''Swn i'n licio'r teimlad. A gweld Pesda o fyny fan'na.'

'Dwi'm yn licio fo.' Trodd Gwenno yn ôl i edrych. Roedd rhywun arall yn paratoi i fynd i lawr y weiren, a sŵn chwerthin cyffrous yn dod o'r un cyfeiriad. 'Ma'n teimlo'n rong i fi.'

'Sut?'

'Wel, ti 'di gwrando yn 'rysgol, dwyt? Ma 'na ddynion 'di marw fama i gael at y llechi 'ma. Llwythi ohonyn nhw. Y streic, a'r holl betha uffernol ddigwyddodd. Ma'r lle 'ma'n haeddu parch.'

Pigodd rhywbeth anesmwyth yn fy meddwl i. Doedd gan Gwenno ddim clem. 'Ma'r lle 'ma'n haeddu jobs.'

Ochneidiodd Gwenno. 'Yndi, ma'n siŵr. Ac o leia ma 'na wbath yma, am wn i. Ond 'di o'm yn teimlo'n iawn i fi.' Trodd yn ôl ata i. 'Ma'r lle 'ma mor dlws, yndi Shane? Twll yn y mynydd. Llechi 'run lliw â chleisia. Fedra i'm beio pobol am fod isio dod yma.'

'Wel, 'na fo 'ta.'

'Ond tybad be 'sa'r chwarelwyr yn ddeud? Y bobol weithiodd yma ar hyd eu hoes am y nesa peth i ddim? Be 'sa nhw'n neud am y bobol 'ma sy'n sleidio i lawr weiar yn gweiddi ac yn chwerthin?'

'Dwi heb feddwl am y peth.'

Nodiodd Gwenno, a lapio'i breichiau o'i chwmpas i gadw'i hun yn gynnes.

'Blydi lol bobol fawr ydi'r weiran 'na, Shaney, dwi'n deutha chdi.'

Wnaeth hi ddim meddwl am eiliad ei bod hithau'n un o'r bobol fawr.

★

Wnes i a Mam ddim sôn am yr hyn glywais i pan siaradodd hi efo D.C.I. Galwch-fi'n-Karen. Ro'n i'n gwybod bod dim ohono fo'n fai arni hi, ond am ryw reswm, ro'n i'n dal i deimlo chydig bach yn flin efo hi. Wnes i ddim gofyn i ble roedd hi'n mynd pan aeth hi allan – doedd 'na ddim pwynt. Roeddan ni wedi bod yn dawel iawn ers i'r heddlu adael, ond pan waeddodd Mam, 'Dwi'n mynd!' mi wnes i weiddi 'Cym ofal!' yn ôl, ac roeddan ni'n dau'n gwybod wedyn fod popeth yn ocê rhyngddan ni.

Mae gan bawb eu cyfrinachau. Do'n i ddim yn gwybod pwy oedd Mam pan doedd hi ddim efo fi.

Doedd gen i fawr o fynadd mynd allan. Ro'n i dal efo hangofyr, ond roedd Llŷr wedi bod yn tecstio drwy'r bore. Roedd o'n poeni am beth i'w wneud am yr hyn roedd Siwan wedi ei ddatgelu'r noson cynt, yn panicio, a deud y gwir.

Ty'd draw pls. Dwi'n mynd off y mhen.

Calm down Llŷr.

Dwi'm yn gwbo ddylswn i ddeud wrth y cops ta be.

Hang on ta. Fyddai yna mewn hannar awr. Twat.

Doedd neb adra yn nhŷ Llŷr heblaw amdano fo, oedd yn biti, achos roedd mam Llŷr yn un o'r merched ffeindia ro'n i'n eu nabod. Roedd hi wastad yn siarad efo fi fel taswn i'n oedolyn, ac yn gofyn sut oedd Mam, a sut oedd yr ysgol, a be o'n i'n wneud efo mi fy hun y dyddiau yma. Roedd tad Llŷr yn ddigon clên hefyd, a'i chwaer fach o, am wn i. Boi lwcus oedd Llŷr.

'Be ddiawl dwi fod i neud?' gofynnodd wrtha i ar ôl nôl

can o Coke yr un i ni. Roeddan ni'n eistedd yn ei ardd gefn o, lle roedd o wedi bod yn eistedd ar dywel meddal drwy'r bore yn smalio stydio. Do'n i heb edrych ar waith yn iawn ers hydoedd, ond dwi ddim yn meddwl fod ei gopïau o *Of Mice and Men* a *Cysgod y Cryman* yn ddim byd ond ffordd o smalio i'w rieni ei fod o'n gwneud rhywbeth.

'*Sod all*, siŵr Dduw,' atebais. 'Cau dy geg, a deud dim byd. Sgin ti ddim byd newydd i ddeud beth bynnag, nag oes! Do, 'nest ti gopio Gwenno, ond dim chdi nath ei lladd hi.'

'Wel naci, siŵr Dduw, ond dylwn i fod wedi deud yn syth. 'Nes i jyst panicio.'

'A ti'n dal i banicio. Stopia feddwl am y peth. Mae hi 'di mynd.'

'Ond siŵr Dduw bo' nhw'n gwbod bod hi 'di bod efo rhywun cyn iddi farw?'

'Dim os oeddach chi'n saff, 'swn i'm yn meddwl. Oeddach chi'n saff?'

'Oeddan, ond…'

''Na chdi 'ta! Ma nhw 'di deud bod hi heb gael ei atacio yn y ffordd yna…'

''Nes i'm atacio hi! Ac eniwe, fuis i nunlla'n agos at y chwaral…'

'Dwi'n gwbod hynna, dydw'r nob? Stopia boeni.'

'Fedra i ddim. Ma'n gyrru fi'n nyts. Na, 'sa'n well i mi fod yn strêt 'wan, dydi…'

'Aros funud! Gad mi feddwl am dipyn…'

'Sti be, Shane, ma hyn yn rili crap, 'de, ond cyn i fi wbod be ddigwyddodd i Gwenno… o'n i methu aros i ddeud wrtha chdi, sti.'

Ysgydwodd ei ben wrth i mi orffen fy nghan o Coke a

dechrau ar ei un o. Doedd 'na ddim byd fel Coke ar gyfer hangofyr.

'Deud be?'

''Mod i 'di copio off efo Gwenno, 'de! O'n i 'di meddwl gofyn i chdi a Dion ddod draw, wedyn 'swn i'n deutha chi wynab yn wynab er mwyn i fi allu gweld eich wyneba chi. O'n i mor blydi falch o'na fi fy hun!' Edrychodd i fyny i weld fy ymateb i. 'Ydi hynna'n pathetig?'

'Nadi, siŵr. 'Swn i 'run fath.'

Ochneidiodd Llŷr mewn rhyddhad. 'Ti'm jyst yn deud?'

'Nadw. O'dd hi'n gojys. A byth yn copio off efo hogia ysgol, so 'swn i 'di bragio am y peth hefyd.'

Pigai rhywbeth yng nghefn fy meddwl.

Pam *oedd* Gwenno wedi mynd efo Llŷr? Ddim fod 'na unrhyw beth yn bod efo fo, ond doedd o ddim fel hi. Yn enwedig a hithau'n gwybod gymaint o feddwl oedd gan Siwan ohono fo. A doedd Llŷr ddim yn un o hogiau delaf na mwyaf poblogaidd y flwyddyn. Doedd o ddim hyd yn oed yr hogyn mwyaf poblogaidd yn y dosbarth. Oedd, roedd Gwenno wedi bod yn feddw... Ond ddim mor feddw â hynna.

Saethodd atgof i fy meddwl yn sydyn, yn afiach o bigog wrth i mi gofio mor feddal oedd llais Gwenno.

Hi, yn yr haul, yn gorwedd yng Nghae Llif Du mewn crop top a siorts, ei bol yn frown. Roedd hi'n gwisgo sbectol dywyll efo lensys oedd yn adlewyrchu, a do'n i ddim yn licio edrych arni am 'mod i'n gweld fi fy hun. Roedd ganddi un brycheuyn bach brown yn ymyl ei botwm bol.

'God, mae'n neis yn fama.' Ei llais yn isel ac yn feddal, fel tasa hi newydd ddeffro.

'Yndi. Dwi'n licio fama'n fwy na nunlla, dwi'n meddwl.'
Do'n i heb fod yma heb Gwenno erioed. Cae hir oedd o, efo
wal gerrig ar un ochr a chrawiau ar y llall. Roedd o'n edrych
dros y dyffryn ar y chwarel a'r mynyddoedd, ond doedd o
ddim wir yn gae go iawn, yn fwy o lain rhwng dau gae.

'Y chwaral dwi'n licio fwya,' meddai Gwenno, gan edrych
draw dros y dyffryn. Roedd y llechi'n anarferol o borffor
yng ngolau'r haul, ond twll yn y mynydd oedd o'n dal i fod.
Fel tasa rhywun wedi mynd i chwilio am drysor, ond wedi
rhoi'r gorau iddi hanner ffordd drwy'r mynydd.

'Dwi'm yn licio'r chwaral. Wel… lle 'di malu ydi o, 'de.'

'Ella mai dyna pam dwi'n licio fo,' atebodd Gwenno efo
gwên fach. 'Ma gynnon ni lwythi o fynyddoedd, does, ond
yr un mwya sbesial ydi'r un efo'i galon o 'di'i thynnu o'i
berfadd.'

'Pryd oedd y tro dwytha i chdi weld hi?' holais wrth Llŷr,
yn trio cael gwared ar frycheuyn haul botwm bol Gwenno
o'm meddwl. Roedd o wedi hanner esbonio hynny yn ei
ddiod neithiwr.

'O'n i isio i ni gerdded yn ôl at y criw efo'n gilydd, ond
doedd hi'm isio. Nath hi ddeud fod hi'n cwarfod rhywun
arall wrth y giât mochyn, ac o'n i'n reit *pissed off* am hynna.
Felly 'nes i adael iddi fynd.' Roedd y giât mochyn ar y llwybr
oedd yn mynd tua'r chwarel.

'Nath hi'm deud pwy…'

'Naddo. Ti'n gwbod fel oedd hi, Shane. O'dd pawb yn
teimlo bo' ni byth yn gwbod ei hanner hi efo Gwenno.'
Ond do'n i ddim wedi sylweddoli fod pawb yn teimlo fel'na
amdani, ddim tan y diwedd.

Ro'n i yna am oriau y pnawn hwnnw efo Llŷr, weithiau'n

siarad am Gwenno, weithiau am bethau eraill. Fel'na mae hi efo ffrindiau, yndê?

'Tybed ddaru nhw'i lladd hi efo llechan, neu oedd 'na rywbeth arall?'

'M'bo. Hei, glywist ti fod Arsenal yn trio seinio *striker* newydd o Inter Milan?'

Mi fasa unrhyw un arall wedi meddwl ein bod ni'n oeraidd, ond doeddan ni ddim. Jyst nabod ein gilydd yn dda iawn, iawn oeddan ni.

Pan ddaeth rhieni Llŷr a'i chwaer fach adra, roeddan ni'n smalio'n bod ni'n stydio efo'n gilydd, ond dwi ddim yn meddwl eu bod nhw'n poeni rhyw lawer am hynny chwaith. Roedd mam Llŷr, yn enwedig, yn falch ei fod o'n siarad efo rhywun ar ôl marwolaeth Gwenno. Doedd ganddi hi ddim syniad, wrth gwrs, fod ei hogyn bach diniwed, annwyl hi wedi bod efo Gwenno yn erbyn coeden ar y noson fuodd hi farw.

Cyn i mi fynd holais Llŷr oedd o wedi clywed gan Siwan ers neithiwr.

'Dim gair,' meddai. 'Ma hi'n flin, 'de. Ond 'nes i'm byd o'i le go iawn, sti... Doeddan ni'm yn mynd allan efo'n gilydd, nag oeddan?'

'Ma hi wir yn licio chdi, sti. A 'sa'n beth da i chdi gael ar ei hochr dda hi eto 'wan. Ti'm isio hi'n agor ei cheg.'

'Ti'n meddwl 'sa hi'n gneud?'

'Yndw, i fod yn onest. Mae'n jelys o Gwenno, hyd yn oed ar ôl be ddigwyddodd. Pam 'nei di'm gofyn iddi fynd allan efo chdi?'

'Be? Bod yn gariad iddi, 'lly?'

'Ia. Wyt tisio?'

'Am wn i. Mae'n hogan iawn. Dydi? Ti'n meddwl?'

'Yndi, tad. Ti'n gwbod lle w't ti efo Siwan.'

Wnes i ddim meddwl am y peth ar y pryd, ond wrth sbio'n ôl, meddyliais tybed oedd hynny jyst yn golygu ei bod hi'n *boring*. A hefyd, tybed oedd rhywun wir yn gwybod pa fath o hogan oedd hi, a hithau'n amlwg yn hanner gwallgo gan eiddigedd am hogan oedd wedi cael ei churo i farwolaeth a'i gadael yn waed i gyd ychydig wythnosau yn ôl?

Pennod 8

F ELLY, D.C.I. KAREN Davies.

Hi oedd y bòs. Roedd hynny'n amlwg. Roedd y copars
eraill i gyd yn gwneud beth bynnag roedd hi'n ei ddeud, yn
ei dilyn hi o gwmpas y lle fel tasa hi'n Iesu Grist. Ro'n i wedi
sylwi, wrth gwrs, pan ddaeth hi a'r copar arall draw i holi
Mam ei bod hi'n chwarae gêm glyfar. Gwd cop a bad cop
– do'n i ddim ond wedi gweld rhywbeth fel'na ar raglenni
teledu cyn rŵan. Fy mhrofiad i oedd fod pob blydi cop yn
bad cop, ac roedd hynny'n wir, siŵr o fod, dim ond eu bod
nhw'n glyfrach pan oedd rhywbeth mawr fel llofruddiaeth
yn digwydd. Yn gwneud i rywun deimlo'n saff drwy smalio
bod yn bobol normal, pobol iawn.

Fasa chi'n meddwl ei bod hi mor neis.

Amser egwyl ar y dydd Llun ar ôl yr angladd, es i a Dion
draw i'r cae bob tywydd. Roedd o isio smôc, medda fo, ac
am ei bod hi'n pigo bwrw, wnaeth y lleill ddim dod. Roedd
Llŷr a Siwan yn snogio yn rywle – roedd o'n amlwg wedi
cymryd fy nghyngor i – a dwi'n meddwl bod Keira wedi cael
llond bol arnan ni i gyd ar ôl nos Sadwrn, a'r holl ddrama yn
y parti yn y parc. Roedd hi wedi aros yn yr ystafell gelf efo
papur yr un maint â bwrdd bwyd a llwyth o baent piws a du
a choch. Mi ofynnodd Dion iddi oedd hi isio dod, a dyma

hi'n cyfarth, *'Piss off, bellend!'* Felly roedd hi'n glir i bawb ei bod hi'n cael un o'i chyfnodau drwg.

'Dwi'n falch fod y lleill heb ddŵad,' meddai Dion, gan danio'i smôc, a chysgodi rhag y gwynt wrth y cae bob tywydd. 'Dwi 'di bod yn sniffian o gwmpas.'

'O?'

'Dwi'm yn licio'r stwff 'ma am Llŷr a Gwenno. Ma rhywun yn siŵr o gracio ac agor eu cega efo'r copar 'na o'r de.'

'Ti'n meddwl?'

'Deffo.'

Ochneidiais, ac ysgwyd fy mhen pan gynigiodd Dion ei smôc i mi. Do'n i ddim yn ei ffansïo fo.

'Ddothan nhw draw ddoe. D.C.I. Karen, a'r copar tew gwallt du 'na.'

'Be? I tŷ chi?'

'Ia. Dim byd i neud efo fi. O'dd Mam yn llnau iddyn nhw, doedd? Dal i fod, deud gwir.'

'O!' Nodiodd Dion, fel tasa'n ryddhad mawr iddo nad oedden nhw wedi bod yn fy holi fi.

'Mae o 'di bod yn pyrfio arni. Celfyn, tad Gwenno. Trio hi on efo Mam.' Roedd fy llais i'n dawel, ond roedd Dion yn fy nabod i'n dda iawn. Byddai o wedi gallu dweud pa mor flin o'n i am y peth. Doedd o ddim yn edrych fel tasai o'n sioc iddo, chwaith, dim ond ysgwyd ei ben wnaeth o, a chwythu'r mwg allan o'i geg.

'Ma pobol gyfoethog yn meddwl bo' pob ffycin dim ar werth, 'ndyn?'

Chwarae teg i Dion. Boi tawel oedd o, ond roedd o'n gwybod sut oedd pethau, ac yn gwybod sut i ddweud yr union beth iawn.

'Diolch ti, Dion.'

'Paid â bod yn nob.'

Gwenais, ac edrych i lawr.

'Yli, dwi 'di bod yn gneud gwaith cartref ar Galwch-fi'n-Karen.'

'I be?' holais yn syn.

'Dwn i'm. Dwi'm yn licio bod hi'n gwbod bob diawl o bob dim amdanan ni a bo' ni'n gwbod dim byd amdani hi. A beth bynnag, ti'm yn gwbod pryd fydd y petha 'ma'n dod yn handi.'

Iesu Grist. Roedd yr hogyn yn meddwl fod o mewn ffilm wael am y maffia o 1975.

'A…?'

'Mae'n dod o Sir Gaerfyrddin. Teip Ffermwyr Ifanc. Mae'n byw yn Wrecsam efo'i gŵr, Nigel, a'u plant bach nhw, Oliver a Hetty. Ma'r plant yn bump. Ma nhw'n mynd i ysgol Gymraeg, ond Saesneg ydi bob dim gynnon nhw.'

'Sut ddiawl ti'n gwbod hyn i gyd?!'

'Dim ots sut. Dydi'm yn iwsho'i henw go iawn ar Facebook, am mai copar ydi. Karen Jamiroquai ydi hi ar fan'no, ar ôl ryw fand shit o'r naintis.'

'Dwi rili ddim yn gweld y pwynt gwbod hyn i gyd.'

'Cau dy geg. Ma hi'n mynd adra weithia, ond yn aros yn y Travelodge y rhan fwyaf o nosweithiau, am fod pethau'n mynd yn hwyr. Mae hi isio cael lle i aros yma ym Methesda, ond does 'na'm gwesty iddi, a dydi hi'm isio aros mewn tŷ gwyliau.'

'Ti'n neud unrhyw waith cartref o gwbl?'

'Ma'r bit yma'n bwysig 'wan. Ma hi'n meddwl fod 'na

rwbath mawr dydi pobol ddim yn deud wrthi am Gwenno. Ma hi'n amau mai rwbath i wneud efo'r teulu ydi o, ond ein bod ni – ei chriw hi, un neu ddau ohonan ni o leia – yn gwbod mwy na 'dan ni'n ddeud.'

'Dydi'm yn bell o'i lle efo hynny, nadi?' Gwenais y math o wên oeraidd sy'n ddim byd i'w wneud efo bod yn hapus.

'Ma hi fatha ci efo asgwrn, Shane. Ma marwolaeth Gwenno ar dudalennau blaen yr holl bapurau newydd, ar bob sianel. 'Di o'm yn mynd i ddiflannu. Maen nhw isio sticio rhywun yn y jêl am hyn.'

Ysgydwais fy mhen ar Dion. 'Ti'n meddwl 'mod i ddim yn gwbod hynna i gyd?'

Ffliciodd Dion ei ffag ar lawr. 'Wel, ti'm i'w weld yn poeni!'

'Ma nhw'n gwylio ni'r idiyt. Yn ein gwylio ni i gyd o bell. Os ydyn nhw'n ein gweld ni'n poeni, sgynnon ni'm gobaith, nag oes? Actia'n normal, iawn? Smalia fod dim o hyn yn digwydd. Cyn belled â bo' ni i gyd yn cau ein cegau, fydd bob dim yn ocê.'

'Ia, ia, ma hynna'n neud sens,' meddai Dion, yn nodio dipyn bach yn rhy frwd. 'Nes i ddim sylweddoli tan hynny gymaint roedd o'n poeni. 'Ond yli, y stwff. Ma raid chdi neud rwbath am y peth, Shane. Mae'n amser.'

'Dwi'n gwbod hynna. Ma gin i gynllun.'

'Be ti'n mynd i neud?'

'Ti ddim angen gwbod.'

Dion oedd y *psycho* mwyaf ro'n i'n ei nabod, a dwi'n nabod lot o nytars. Dwi'n ei gofio fo'n hogyn bach, yn cofio'r ffordd roedd o'n denu cathod i mewn i sièd gefn ei yncl ac yn eu brifo nhw, jyst er mwyn cael gwybod sut oedd o'n teimlo i frifo rhywbeth byw. A do'n i ddim yn gwybod yn union beth oedd wedi digwydd rhyngddo fo a ryw foi o'r enw Aled pan oeddan ni ym Mlwyddyn 7, jyst fod y ddau wedi mynd i smocio yn y chwarel ar ôl ysgol ryw ddiwrnod, a bod Aled wedi cyrraedd adref am naw y noson honno yn crynu drosto ac wedi piso'i hun gan ofn. Wnaeth o ddim cyfaddef mai Dion oedd efo fo, ond mi symudodd o'r ysgol yn syth wedyn, ac roedd 'na sôn ei fod o wedi cael rhyw fath o *breakdown*.

Ond doedd arna i ddim ofn Dion. Fyddai o ddim yn gwneud dim byd i mi, roeddan ni'n ffrindiau ers amser rhy hir. Ond yn dawel bach, ro'n i'n coelio o waelod fy nghalon y dylai pawb arall fod ei ofn o. Y peth mwyaf dychrynllyd amdano fo oedd y ffordd roedd o mor dda am guddio'r ffaith ei fod o'n *psycho*.

Ond doedd o ddim yn edrych yn galed rŵan, nac yn beryglus. Fi oedd mewn rheolaeth. Doedd o'n ddim byd ond hogyn bach yn cachu brics ei fod o'n mynd i gael ei ddal.

'Dwi'n sortio fo.' Roedd fy llais yn hollol gadarn, ac i ddeud y gwir, ro'n i'n teimlo'n iawn. Dim nerfau.

'Ia, ond be ti'n mynd i neud? Os cei di dy ddal...'

'Ffo ffyc's sêcs, Dion, dwi'm yn mynd i gael fy nal.'

'Sut ti'n mynd i gael gwared arnyn nhw?'

'Dwi'm yn mynd i ddeutha chdi. Dyna sy galla. Stopia feddwl amdano fo. Mae 'di mynd. Nath o ddim digwydd.'

'Iawn. Diolch, Shane,' atebodd Dion. Canodd cloch yr ysgol ym mhen draw'r cae, a dechreuodd y ddau ohonan ni gerdded i lawr tuag at yr ysgol.

★

Yn ein hysgol ni, mae'r Adran Gymraeg ar hyd coridor hir, i fyny ambell ris. Tair ystafell ddosbarth ac un storfa.

Mae ystafell Miss Jenkins ar y chwith. Hi, o bosib, ydi'r athrawes neisia yn yr ysgol, a'r orau hefyd. Mae hi'n ffeind efo pawb, byth yn gwylltio ond ddim yn cymryd lol chwaith. Do'n i ddim yn casáu gwersi efo hi, er nad oes gen i ddiawl o ddim byd i'w ddeud wrth lyfrau Cymraeg, ac mae cerddi'n wast o amser llwyr. O leia'i bod hi'n trio gwneud pethau'n ddifyr.

Mae 'na storfa fawr yn ymyl y dosbarth, yn llawn o'r hyn 'sa chi'n disgwyl ei weld mewn storfa ysgol – llwyth o lyfrau, papurau sy'n dechrau cyrlio yn y corneli, silff o fideos, a dim peiriant bellach i chwarae fideos arnyn nhw. Fan hyn roedd Miss Jenkins yn cadw'i chôt a'i bag, yn hongian ar gefn y drws.

Roedd 'na lun mewn ffrâm ar wal yn y storfa – llun mawr oedd bron yn llenwi'r wal. Roedd o'n dangos boi o'r hen ddyddiau yn gwisgo sbectol drwchus, ei wallt wedi slicio'n ôl, ddim yn gwenu ond ddim yn edrych yn flin nac yn drist chwaith. Roedd o'n un o'r lluniau yna sy'n edrych fel tasa fo'n syllu'n syth i gannwyll eich llygad chi. Rhyw awdur stalwm o Besda oedd o, boi enwog ar y diawl i bobol sy'n darllen llyfra, ac roedd Miss Jenkins yn meddwl ei fod o'n anhygoel. Mor anhygoel fel bod ei lun o i fyny yn y storfa, fel tasa Miss Jenkins yn *superfan* neu rwbath.

Amser cinio'r diwrnod hwnnw, mi gerddais i allan o'r ffreutur ar ôl cael bwyd, a deud wrth yr hogia y byddwn i allan i gael gêm bêl-droed cyn hir. Cerddais yn syth i fyny'r coridor i stafelloedd yr Adran Gymraeg, ac i mewn i ystafell Miss Jenkins. Roedd tair o genod y Chweched i mewn yna yn sgwrsio dros eu bocsys bwyd, ac edrychodd y tair i fyny pan gerddais i mewn.

Y tric efo deud celwydd ydi i goelio tipyn bach yn yr hyn dach chi'n ddeud.

'Goro nôl llyfr,' ddeudais i'n bwdlyd, a throdd y merched yn ôl at eu sgwrs. Do'n i ddim o unrhyw ddiddordeb iddyn nhw.

Camais i mewn i'r storfa.

O dan y llun o Caradog Prichard – dyna pwy ydi'r awdur – roedd 'na silff lyfrau efo degau o gopïau o nofelau hen ffasiwn. Ar y silff waelod roedd y rhai mwyaf llychlyd, er, ddim mor llychlyd ag oedden nhw wedi bod.

Ro'n i wedi eu symud nhw ychydig wythnosau yn ôl.

Tynnais lond llaw o'r llyfrau allan, a gwthio fy llaw i'r gwagle y tu ôl iddyn nhw. Oedd, roedd popeth yn dal yna. Tynnais y ddau beth allan, cyn eu stwffio nhw i fy mag ysgol. Rhoddais y llyfrau yn ôl yn eu lle, rhoi'r bag ar fy nghefn, a chwilio am lyfr. Wedi'r cyfan, dyna oedd yr esgus ro'n i wedi ei roi i genod y Chweched.

Roedd 'na res o gopïau o lyfr gan Caradog Prichard, y boi yn y llun. Cymerais un o'r rheiny, ac edrych i fyny ar y llun. Syllodd Caradog Prichard yn ôl. Diolch am yr alibei, mêt, meddyliais, cyn gadael y storfa, yr ystafell, a'r Adran Gymraeg efo bag a ffôn Gwenno wedi eu cuddiad yn fy mag, a'r llyfr yn fy llaw.

Pennod 9

IESU GRIST. ROEDD Glain Davies yn edrych yn dda ar sgrin. Mae o'n beth uffernol i'w ddeud am unrhyw un, ond roedd galar yn ei siwtio hi. Ffitiodd i mewn yn berffaith i rôl y ddynes oedd wedi torri, dynes fyddai byth yr un fath. Yr hyn ro'n i'n methu ei ddallt oedd sut oedd pobol yn methu gweld drwyddi. Pobol Bethesda, pobol oedd yn ei nabod hi. I mi, roedd hi mor amlwg yn ffugio.

'Fedri di ddim deud petha fel'na, siŵr Dduw!' meddai Siwan yn flin. Roedd hi'n eistedd ar lin Llŷr yn y neuadd yn ystod amser egwyl gwlyb. 'Ma'r ddynas 'di colli ei merch! A ma Glain yn ffeind!' Ysgydwodd Siwan ei phen. 'Am beth cachlyd i ddeud.'

'Dwi'm yn deud bod petha'n hawdd arni, nadw,' atebais, gan sylwi'n fodlon nad oedd un arall o'r criw wedi ymateb yn yr un ffordd â Siwan. 'Dwi'm yn deud bod hi ddim yn ypsét. Jyst fod 'na chydig bach o actio'n mynd ymlaen o flaen y cameras. Ma'n naturiol, dydi, ma hi angen edrych mor *gutted* â phosib.'

'Ma hi *yn gutted!*' brathodd Siwan yn ôl.

'Dwi'n siŵr ei bod hi,' atebais. Ond do'n i ddim yn siŵr. Ddim o gwbl.

'Ma raid i fi ddeud...' Dechreuodd Keira mewn llais bach.

'Ma gin Shane bwynt, Siw. Paid â smalio. Ti'n gwbod sut oedd pethau rhwng Gwenno a'i mam.'

'Ti ddim yn siriys!' Roedd Siwan yn flin. 'Ma pawb yn ffraeo efo'u rhieni!'

'Yndi, ond dim fel'na! Dwi'n gwbod bo' chdi'n teimlo bechod dros Glain a Celfyn, ond mae hyn yn ridicylys. 'Nest ti glywed Gwenno'n deud sut oedden nhw'n ddigon aml.'

'Ti mor gas!' Ond roeddan ni i gyd yn gweld bod rhywbeth yn dechrau gwawrio ym meddwl Siwan. Doedd hi heb adael iddi hi ei hun feddwl yn iawn o'r blaen, achos ei bod hi, yn naturiol, yn teimlo biti dros Glain. Bechod. Er ei bod hi'n ymddangos yn *boring* weithiau, roedd hi'n gorfod byw efo'r ffaith ei bod hi dal chydig bach yn eiddigeddus o'i ffrind oedd wedi marw. 'Fasa Glain byth yn ffugio, siŵr! Be sy'n neud i chi feddwl y ffasiwn beth?!'

*

Sŵn camerâu fatha cyllyll yn cael eu hogi. Tawelwch parchus, a D.C.I. Galwch-fi'n-Karen yn eistedd wrth ymyl Glain a Celfyn Davies. Y llun ysgol o Gwenno yn y cefndir, a'i gwên yn edrych yn ddigywilydd o hapus o weld mor llawn difrifoldeb oedd wynebau pawb arall.

Celfyn mewn jîns a chrys (Mam oedd wedi ei smwddio fo, mae'n siŵr) yn edrych fel tasa fo heb gysgu ers misoedd. Doedd o ddim yn crio, ond a deud y gwir, roedd o'n edrych yn rhy flinedig ac yn rhy ddigalon i golli deigryn. Daliai law ei wraig ar y bwrdd pren o'u blaenau, ei ddwylo fo'n goch ac yn drwchus ar ei bysedd hirion gwelw hi. Ddeudodd o fawr ddim o flaen y camerâu, dim ond 'Please tell the police if you know anything' mewn acen Gymreig a llais oedd yn grychau i gyd.

Ond Glain, wel, roedd Glain yn wahanol.

Welais i rioed mohoni'n gwisgo *joggers* o'r blaen. O, roedd hi'n rhedeg ers blynyddoedd, wrth gwrs ei bod hi, dyna beth oedd pobol fel hi'n ei wneud i gael gwared ar be roeddan nhw'n meddwl oedd *stress*. Doedd rhoi un droed o flaen y llall yn datrys dim ar broblemau pobol go iawn.

Roedd Glain wastad yn rhedeg yn y gêr i gyd – legins a fest a threnyrs oedd yn cael eu cyfnewid am rai newydd bob 700 milltir. Fel arall, roedd hi'n ddynes gwisgo ffrogiau neu sgertiau, ella jîns os oedd ei thop a'i sgidiau'n ddigon smart.

Ond yn yr wythnosau ar ôl marwolaeth Gwenno, pryd bynnag oedd hi o flaen camera, roedd Glain yn gwisgo *joggers* glas, pymps a chrys chwys gwyn. Roedd ei gwallt mewn poni têl – rhywbeth arall doedd neb wedi ei weld ganddi yn gyhoeddus o'r blaen – a'i cholur yn llai llachar, yn fwy naturiol.

Roedd hi'n crio. Dim crio mawr hyll, dim trwyn coch snotllyd na bonllefau uffernol, aflafar, ond dagrau bach tlws yn llifo am yn ail i lawr ei gruddiau. Cyn iddi siarad, roedd rhaid iddi sadio ei hun. 'Ym…' Llyncu sawl tro, anadl ddofn. Roedd y gynulleidfa'n meddwl ei bod hi'n ddewr cyn iddi yngan gair.

'Gwenno was my best friend,' mewn llais oedd yn hanner sibrwd. Clwydda. Roedd hi'n *gwybod* bod hynny'n glwydda. 'I just don't know why anyone would hurt her.'

★

Ma rhai mamau'n treulio'u bywydau yn arteithio'u plant. Y rhan fwyaf, a deud y gwir. Dwn i'm ai dyna ydi eu bwriad, ond dyna maen nhw'n ei wneud mewn llawer o ffyrdd bach a mawr dros flynyddoedd maith.

Mae 'na rai, fel mam Siwan, sy'n gwneud gormod, bod yn rhy neis. Roedd hi'n ffrind i Siwan, a'r ddwy'n mynd i siopa efo'i gilydd ac yn rhannu dillad ei gilydd. Roedd y ddwy wir yn ffrindia gora. Ac er ei fod o'n beth braf iawn i'r ddwy ar hyn o bryd, mi fyddai bod mor agos at ei mam yn anodd i Siwan yn y diwedd. Doedd hi ddim yn mynd i allu byw efo hi am byth, a byddai pawb arall, waeth pwy oedden nhw, yn chydig bach o siom.

Roedd Glain, ar y llaw arall, yn uffernol efo Gwenno. Doedd gen i ddim syniad i ddechrau, ond unwaith i Gwenno ddechrau rhannu hanesion, doedd dim stop arni. A rhywsut, do'n i ddim yn synnu, er mor ddiawledig roedd hi'n swnio. Er mor neis-neis oedd Glain, doedd hi ddim yn anodd i mi ei dychmygu hi'n arteithio Gwenno.

Am hynny roedd hi'n siarad yn fwy na dim, pan oedd jyst Gwenno a fi. Ac roedd gan Gwenno ffordd o adrodd stori. Roedd o'n gwneud i'r cyfan chwarae fel ffilm yn fy mhen i, a doedd hi ddim yn ffilm neis iawn.

*

'Paid â gwisgo hwnna, cyw,' meddai Glain wrth ei merch efo gwên dynn. 'Dydi o ddim yn *flattering*.'

Syllodd Gwenno ar ei mam yn edrych ar ei chluniau. Dyma oedd gêm Glain, deud ei deud efo gwên fach, ei llygaid wedi'u hoelio ar ba bynnag ran o Gwenno oedd ddim yn ddigon da. Ei choesau. Ei thin. Ei bol. I ni yn yr ysgol, edrychai Gwenno'n brydferth, ond y beiau welai Glain, yr holl bethau bach amherffaith.

'Dwi'n licio fo,' atebodd Gwenno, gan droi at y tostiwr. Roedd hyn yn newydd, yr agwedd yma, ond roedd Gwenno wedi gwneud penderfyniad. Doedd hi ddim yn mynd i adael i hyn ddigwydd eto. Doedd hi ddim am newid ei dillad, ond doedd hi ddim isio ffraeo chwaith.

'Wel, dyna sy'n bwysig,' meddai Glain, yn amlwg wedi disgwyl y byddai Gwenno'n newid yn syth. Doedd hi ddim wedi arfer â pheidio gallu rheoli ei merch.

'Ia,' atebodd Gwenno, yn adrodd yn ei meddwl drosodd a throsodd, *dwi'n casáu chdi dwi'n casáu chdi dwi'n casáu chdi*.

'Hei, ma 'na ffrwythau yn y ffrij, sti.' Dechreuodd Glain hel y gwydrau o'r ochr a'u gosod yn y peiriant golchi llestri. 'Llai o galorïau na thost.'

Tynnodd Gwenno'r tost allan o'r peiriant pan oedd o'n barod, ac agor y cwpwrdd bach lle roedd y jam a'r mêl yn cael eu cadw. Bechod drosti, roedd hi'n nabod y swigen boeth o gynddaredd oedd yn chwyddo yn ei bol, yn gwybod ei bod hi'n beryglus o agos at sgrechian neu feichio crio. Gwasgodd ei dannedd yn dynn, dynn at ei gilydd er mwyn gwneud yn siŵr ei bod hi'n cau ei cheg. Ymestynnodd am ddwy jar, Nutella a menyn cnau, gan mai'r rheiny oedd efo'r mwya o galorïau.

Gallai deimlo llygaid ei mam arni.

Taenodd Gwenno'r Nutella'n wirion o drwchus dros y tost – defnyddio chwarter y jar, bron – ac ychwanegu menyn cnau wedyn mewn lympiau mawr brown. Doedd o ddim yn edrych yn neis iawn, ond nid dyna oedd y pwynt.

Llyfodd Gwenno'r gyllell.

Cododd y tost at ei cheg a chymryd brathiad, gan godi ei llygaid i edrych ar ei mam. Syllodd Glain arni mewn tawelwch llwyr, rhyw hanner gwên ryfedd ar ei hwyneb.

'Ti'n neud fi'n sâl,' meddai Glain dros dawelwch y gegin.

'Piss off,' atebodd Gwenno fel bwled.

*

Roedd hyn i gyd yn lladd Gwenno. Arferai eistedd yn y perthi neu wrth y wal neu ar y llechi yn adrodd rhestrau i fi o'r pethau roedd ei mam yn eu deud wrthi er mwyn gwneud iddi deimlo'n wael amdani ei hun. Weithiau, roeddan nhw'n wael, ac weithiau'n uffernol.

Fedri di wastad gwisgo padding *yn dy fra.*

Dim pawb sy'n naturiol glyfar.

Siŵr bod ti'n teimlo'n uffernol efo'r croen 'na.

Ia ond mae size 10 *rŵan 'run fath â* size 14 *ddeng mlynedd 'nôl...*

Mae'n anodd i chdi, efo ffrind mor dlws â Siwan.

Ymlaen ac ymlaen ac ymlaen. Un peth ar ôl y llall, ffaeledd ar ôl ffaeledd, nes oedd yr hogan fwya poblogaidd yn y dosbarth yn teimlo fel anghenfil.

Ond y tro ola oedd y gwaetha. Fi a Gwenno, y nos Fawrth cyn iddi farw. Roeddan ni wedi cwrdd ar ben uchaf y chwarel, ac am ei bod hi'n braf roedd 'na bobol yn dal i ddefnyddio'r *zip wire* i wibio i lawr y dibyn. Bob hyn a hyn roedd sŵn eu sgrechiadau nhw'n llenwi'r hen chwarel.

'Dwi 'di dod â hwn i chdi,' meddwn, gan daflu'r bag

o Haribos ati. Daliodd y bag a gwenu'n wan, ond roedd rhywbeth yn bod. Rhywbeth go iawn. Roedd hyn yn waeth na phan oedd hi'n crio. 'Be sy?'

'Mam,' ochneidiodd. 'A Dad, dwi'n meddwl. O Shaney, dwi'n gwmni shit, dydw? Wastad yn cwyno am wbath.'

'Hollol shit,' cytunais gyda gwên fach. 'Be sy 'di digwydd?'

'Weithia,' atebodd, 'dwi'n meddwl 'sa'r ddau yna'n gallu brifo fi, sti. Brifo go iawn.'

Ddeudodd hi ddim y cyfan wrtha i. Mae hynny'n gallu gwneud pethau'n waeth, pan mae rhywun yn defnyddio'i ddychymyg i lenwi'r mannau gweigion. Does 'na ddim byd yn waeth na'r hyn dach chi'n gallu ei ddychmygu.

Roedd y ffrae rhwng Glain a Celfyn yn uffernol. Gwironeddol uffernol, meddai Gwenno. Gwydrau gwin yn cael eu taflu, llun priodas yn cael ei dynnu o'i ffrâm a'i rwygo'n ddau. Y geiriau mwyaf creulon yn cael eu cyfnewid. Glain oedd wedi bod yn anffyddlon eto. 'Eto,' meddai Gwenno, a normalrwydd y peth iddi hi yn afiach i fi. Mewn tŷ arall, ben arall y dyffryn, roedd cwpl canol oed, ffrindiau pennaf Glain a Celfyn tan y noson honno, yn cael ffrae debyg. Fyddai neb yn cael gwybod, wrth gwrs, ond roedd Celfyn yn gwybod. A Gwenno, rŵan. Cuddiai yn ei llofft yn gwrando ar fiwsig dros glustffonau ac yn tecstio'i ffrindiau yn bitsho am athrawon wrth i rywbeth arall falu yn y gegin.

Byrstiodd Celfyn i mewn i'w llofft yn ddagrau i gyd. Roedd o wedi bod yn yfed, ond nid y gwin oedd yn ei wallgofi o rŵan. 'Mae hi'n gyrru fi'n nyts, Gwens... Plis, plis helpa fi...'

Tynnodd Gwenno ei chlustffonau o'i chlustiau, a syllu i fyny ar ei thad. 'Dwi methu…'

A dyna pryd cyrhaeddodd Glain. Doedd hi ddim yn dlws bellach, ond yn uffernol o hyll, ei cheg yn gam, ei llygaid yn fflachio.

Yn yr eiliad honno, ysai Gwenno am gael ymestyn ei ffôn a thynnu llun o'i mam i'w rannu ar y we. Y Glain Go Iawn.

Syllodd Glain ar Celfyn, wedyn ar Gwenno, wedyn yn ôl ar Celfyn. 'Sut fedri *di* gael go arna *i* am fod yn anffyddlon?'

Trodd at ei merch ac yn ôl Gwenno doedd 'na ddim byd ond gwenwyn yn ei hwyneb hi. 'Camgymeriad oeddat ti. Ddylswn i byth fod wedi cael chdi.'

'Am bitsh!' deudais wrth Gwenno wrth i ni eistedd ar y llechi'n gwylio'r ffyliaid ar y weiren sip. Do'n i ddim yn licio gofyn mwy am beth ddigwyddodd efo Celfyn. Roedd y cwestiwn yn teimlo'n rhy fawr.

'Mae'n *mental*.' Nodiodd Gwenno, gan ymestyn am Haribo. 'Duw a ŵyr be neith hi nesa.'

Pennod 10

KEIRA DRUAN.

Achos hi oedd yr un neisia ohonan ni i gyd mewn gwirionedd. Roedd hi'n galed, oedd, ond yn hollol deg ac yn hollol glên. Hi oedd yr un oedd yn deud yn blwmp ac yn blaen os oedd rhywun yn ymddwyn yn wael. Roedd Siwan a Gwenno ill dwy wedi'i chael hi ganddi am bethau bach dros y blynyddoedd, heb sôn amdanan ni'r hogia. Pethau fel 'Stopia bod yn *competitive*, ma'n neud chdi edrych fel nob', neu 'Stopiwch bitsho, genod, ma 'na *girl code* a 'dan ni i fod i sticio efo'n gilydd.'

Dwi'n cofio…

Wel, beth bynnag. Keira. Hogan galad, ia, ond asu, roedd hi'n feddal go iawn.

Ac roedd o'n gwybod hynny'n iawn.

Doedd hi ddim yn mynd i aros i fyny yn Llwyn yn aml. Yn un peth, doedd o ddim yn ymarferol, am ei fod o'n rhy bell o'r pentref i allu cerdded adref, ond hefyd, er fod Keira a Gwenno wedi bod yn ffrindiau gorau ers ysgol feithrin, doedd Keira ddim yn siŵr o deulu Gwenno. Dim byd mawr, ond digon i fod yn well ganddi gael Gwenno draw i aros yn ei thŷ hi.

Ond rhyw dair wythnos cyn i Gwenno farw, aeth Keira i aros yn Llwyn am y noson. Roedd hi'n bwrw gormod i ni allu mynd allan i Barc Meurig, ac roedd mam Keira'n cael cwpl o'i ffrindiau draw, felly roedd hi braidd yn gyfyng i Gwenno fynd i fan'no. Felly aeth Keira draw at Gwenno am unwaith.

Roedd pawb yn y criw yn gwybod am hyn, achos roedd Siwan wedi bod yn cwyno ei bod hi wedi methu mynd am ei bod wedi gorfod mynd i dŷ ei nain. Dwi'n meddwl ei bod hi'n reit eiddigeddus fod Gwenno a Keira wedi cael noson efo'i gilydd hebddi. Roedd Siwan y math o hogan fyddai'n mynd ymlaen am y peth am hydoedd hefyd.

Ond do'n i ddim yn gwybod y manylion, a ches i ddim gwybod am sbel, chwaith.

Roedd hi'n noson ddigon arferol. Ffilmiau arswyd gwael, fel arfer efo genod gwallt golau'n cael eu llofruddio gan nytar rhywle yng nghefn gwlad. Wrth wylio, roedd Gwenno'n peintio ei hewinedd, a Keira'n chwarae gêm ar ei ffôn. Roedd y ddwy'n sgwrsio am bopeth – amdanan ni, mae'n siŵr, ac ysgol a gwaith ac am bawb roeddan ni'n nabod. Mae Keira'n cofio bod Gwenno wedi dechrau lladd ar Siwan ar un pwynt.

'Mae'n mynd ar fy nyrfs i, beth bynnag,' meddai Gwenno, yn peintio ewinedd ei thraed yn ofalus, ofalus, mewn lliw pinc golau, golau, fel dillad babi neu gandi fflos. Lliw hogan fach. *Typical* Gwenno.

'Pam?'

'Ma'r holl beth 'ma efo Llŷr mor pathetig. Smalio'i bod hi'm yn licio fo, hyd yn oed efo ni… Pam neith hi'm jyst deud?!'

'Swil ydi hi, yndê... *Yesss!*' Roedd Keira wedi lladd rhyw fwystfil ar y gêm ar ei ffôn.

'Dwi jyst... Dwn i'm. Ma hi'n teimlo dipyn bach yn... Blwyddyn 8. Ti'm yn meddwl?'

Ochneidiodd Keira. 'Stopia bitsho. Ma Siw yn hogan iawn. Ti'n siarad fel'ma amdana fi tu ôl i 'nghefn i?'

'*As if*!' Gwenodd Gwenno arni a chododd Keira ddau fys yn chwareus yn ôl. Roedd y ddwy yn eu pyjamas, ac roedd rhai Gwenno yn binc (ia, mwy o binc) efo lluniau o Belle o *Beauty and the Beast* drostyn nhw. Roedd hi'n edrych mor ifanc. 'Chdi 'di'r gora.'

'Ia, ocê,' atebodd Keira yn amheus.

'Hei, achos ma chdi ydi'r gora, 'nei di ffafr efo fi? Ei di i nôl Coke arall i fi o'r gegin?'

'*Sod off*! Dos i nôl o dy hun.'

'O go oooooon. Ma 'ngwinadd i'n lyb a dwi'm isio symud.'

Ochneidiodd Keira ac ufuddhau. *Typical* Keira. Rêl mam.

Roedd hi'n hwyr erbyn hynny, bron yn un ar ddeg, a dim ond y golau bach oedd ymlaen yn y gegin. Brysiodd Keira draw at yr oergell ac ymestyn am ddau Coke, a dyna pryd gerddodd Celfyn i mewn.

Roedd o wedi bod yn yfed. Pobol gwin oedd rhieni Gwenno, y teip oedd yn barnu pobol am yfed seidar rhad ond yn meddwl bod eu habit dwy-botel-o-win-gwyn-bob-nos nhw ddim yn broblem alcohol. Safodd Celfyn yn y drws, a gwên fawr ar ei wyneb. Gwenodd Keira'n ôl yn stiff. Doedd hi ddim yn licio dynion.

'Dach chi'n dal fyny! O'n i'n ama 'mod i'n clywed twrw.'

'Jyst nôl diod,' atebodd Keira. Nodiodd Celfyn.

'Dach chi isio rwbath arall? Siŵr bod 'na joclet yma rwla…'

''Dan ni 'di cael llwyth, diolch i chi.'

Dyma'r pwynt pan fyddai Keira wedi gadael yn gwrtais, ond wrth gwrs, roedd Celfyn yn sefyll yn ei ffordd. Safodd y ddau mewn tawelwch chwithig am ychydig, a Celfyn yn dal i wenu'n wirion.

'Ti 'di tyfu lot, Keira.'

Dyna pryd suddodd calon Keira.

Pan esboniodd hi wrtha i beth oedd wedi digwydd y noson honno, ychydig nosweithiau ar ôl i mi nôl ffôn a bag Gwenno o'r storfa Gymraeg, esboniodd Keira ychydig mwy na dim ond y digwyddiadau. Esboniodd sut mae merched wastad yn gwybod pan mae dyn yn mynd i drio'i lwc, achos maen nhw wedi ei glywed o ganwaith o'r blaen. Ia, hyd yn oed pan maen nhw ond 'run oed â Keira. *Ti 'di tyfu lot. Ti 'di prifio. Ti'n ddynas ifanc rŵan! Ti'n edrych yn hŷn na dy oed. Taswn i ugain mlynadd yn iau…* Maen nhw i gyd yn eiriau hen ddyn budr. I gyd yn golygu y bydd rhaid i'r hogan ffindio'i ffordd allan o sefyllfa nad oeddan nhw isio bod ynddi yn y lle cyntaf.

''Taswn i ugain mlynedd yn iau…' meddai Celfyn wedyn, a chamu draw at Keira a chymryd y poteli Coke o'i dwylo. 'Tisio gwydrau i'r rhain?'

Os ydi o'n twtsiad fi, dwi am blannu 'mhen-glin yn ei fôls o, meddyliodd Keira, ac ateb, 'Na, dwi'n iawn diolch. Nos da.' Cymerodd y poteli yn ôl oddi wrtho, ond roedd 'na hanner eiliad o Celfyn yn dal ymlaen, yn gwrthod ildio iddi. Edrychodd i fyw ei llygaid hi, ac wedyn – a dyma oedd y rhan waethaf, meddai Keira – edrychodd i lawr ar ei bronnau, heb guddio beth oedd o'n ei wneud o gwbl, yn edrych i lawr ac wedyn i fyny i weld faint o sioc oedd ar ei hwyneb.

Daeth gwich drws yr ystafell fyw: gollyngodd Celfyn y poteli, a chamu'n ôl oddi wrth Keira. Pan ddaeth Glain i mewn, roedd hi'n dylyfu gên, ei gwallt ychydig yn flêr a'i cholur yn llanast o gwmpas ei llygaid.

'Iawn, Keira?' gofynnodd heb edrych arni. Wnaeth hi ddim synhwyro unrhyw chwithdod rhwng Keira a'i gŵr, diolch byth, dim ond cerdded at yr oergell i nôl mwy o win.

'Yndan, tad, diolch,' atebodd Keira, yn ddiolchgar fod ei llais yn swnio'n normal.

Crwydrodd Celfyn draw at ei wraig a rhoi ei freichiau amdani. Ildiodd Glain iddo'n syth, gan roi ei breichiau am ei ganol, a safodd y ddau fel yna am chydig.

'Sori, Keira, dwn i'm be sy 'di dod dros hwn!' chwarddodd Glain.

'Nos dawch,' meddai Keira, yr un mor anghyfforddus ag oedd Celfyn wedi bwriadu iddi fod.

'Be dwi 'di neud i haeddu hyn?!' gofynnodd Glain, yn amlwg wrth ei bodd efo'r sylw. Roedd hi'n sefyll â'i chefn at Keira, a syllodd Celfyn ar y ferch ifanc, ffrind gorau ei ferch, dros ysgwydd ei wraig, wrth iddo redeg ei ddwylo i lawr ei chorff, yn teimlo'i siâp hi.

'Ti jyst mor blydi secsi,' meddai Celfyn, a'i wraig yn ei freichiau ond â'i lygaid wedi eu hoelio ar Keira.

*

'Felly,' deudais wrth Keira pan ddeudodd hi'r stori yma wrtha i dros y ffôn. 'Mae tad Gwenno'n pyrf. O'ddan ni'n gwbod hynna'n barod, mae o'n trio hi on efo Mam.'

'Pric,' poerodd Keira, a medrwn ddychmygu ei hwyneb wrth iddi feddwl am y peth, y geg fach siâp calon wedi ei gwneud yn syth ac yn gam. 'A 'di o ddim jyst yn pyrf. Mae o'n neud o i'n gweld ni'n gwingo. Mae o'n licio'r pŵer yna.'

'Iesu Grist,' ochneidiais. Roedd 'na ddynion hollol afiach yn y byd yma. Sut ddiawl oedd merched yn ymdopi?

'Ond dim dyna pam dwi'n deud hyn 'tha chdi. Ma 'na wbath dwi 'di bod yn meddwl amdano fo, a dwi'm yn gwbod a ddylwn i ddeud wrth y cops...'

'Am...?'

'Am be ddeudodd Gwenno wedyn.'

*

Aeth Keira yn ôl i ystafell Gwenno efo'r poteli Coke. Roedd Gwenno erbyn hynny'n pwyso i mewn i ddrych, *tweezers* yn ei llaw a'i llygaid yn dynn ar ei haeliau.

'Ma'r ffilm 'di gorffen. Rho un arall mlaen,' meddai Gwenno, heb edrych i fyny na diolch am y diod. Ufuddhaodd Keira ac eistedd i lawr, yn trio bod yn normal. Ond doedd hi ddim yn teimlo'n normal. Roedd Celfyn wedi gwneud iddi deimlo'n fudr, fel tasa hi wedi gwneud rhywbeth o'i le.

Gofynnodd Gwenno iddi os oedd popeth yn ocê; deud ei bod hi braidd yn dawel. 'Jyst 'di blino,' atebodd Keira, ond roedd y ddwy wedi bod yn ffrindiau ers y dechrau un, a gwyddai Gwenno fod 'na rywbeth o'i le. Ac er fod Keira'n trio bod yn normal – doedd dim bai ar Gwenno am hyn – wel, roedd o'n anodd.

Pan oedd y ddwy yn y gwely, y golau wedi ei ddiffodd, Keira yn y *z-bed* ar lawr a Gwenno yn ei gwely mawr, holodd Gwenno eto, 'Ti'n siŵr bo' chdi'n ocê, wyt? Dydi o wir ddim fatha chdi i fod mor dawal.'

'Dwi'n iawn, sti.'

Roedd tawelwch wedyn, a dim ond gwynt y dyffryn yn trio torri i mewn i Llwyn drwy'r waliau trwchus. Roedd Keira'n meddwl bod Gwenno'n cysgu pan ddaeth ei llais dros y llofft, yn ddim byd mwy na sibrwd.

'Dad nath, ia?'

*

'Roedd hi'n gwbod.' Ochneidiodd Keira dros y ffôn efo fi. 'Roedd hi'n gwbod sut oedd o. Mae'n rhaid ei bod hi.'

'Be ddeudist ti?'

'Dim byd. 'Nes i'm ateb. Ro'n i'n gobeithio 'sa hi'n meddwl 'mod i'n cysgu, ond dwi'n reit siŵr fod hi'n gwbod 'mod i ddim.'

Roedd fy mhen yn rasio. Beth oedd hyn i gyd yn ei olygu? *Dad nath, ia?* Gwyddai Gwenno fod ei thad wedi yspetio Keira, ond beth oedd hi'n meddwl roedd o wedi'i neud?

'Ti'n meddwl dylswn i ddeud wrth y cops, Shane?'

'Pam ti'n gofyn i fi?'

'Achos ti mor dawel a call. A dwi'm isio edrych 'tha 'mod i'n pwyntio bys. Ond mae o'n pyrf, dydi, a dylsan nhw wbod rili…'

Ro'n i ar fin deud wrth Keira mai calla dawo pan mae'n

dod at y cops bob amser. Eu gwaith nhw oedd dod o hyd i gliwiau, dim ein gwaith ni i fynd atyn nhw efo pob un manylyn.

Ond yn araf iawn, syrthiodd y darnau jig-so i'w lle yn fy mhen i. O, gwych. *Gwych*. Roedd hyn yn berffaith.

'Deud wrthyn nhw, ia. Ond paid â ffonio nhw'n un swydd. Ti'm isio neud *big deal* o'r peth ar benwythnos, nag wyt?'

'Be wna i 'ta? Aros tan 'dan ni'n 'rysgol?'

Roedd hi'n bnawn dydd Sadwrn. Roedd hen ddigon o amser.

'Ia, dyna 'swn i'n neud.'

Ac achos 'mod i'n slei, ac achos 'mod i'n gelwyddgi, mi wthiais i bethau gam ymhellach. Do'n i ddim yn licio deud celwydd wrth Keira, a hithau'n hogan mor ffeind, ond byddai'r gwir yn ei brifo hi gymaint yn fwy.

'Ti'n meddwl mai fo nath, Keira? Tad Gwenno?'

'Ei lladd hi?' Roedd llais Keira'n isel. 'Na! No we. Roedd o'n meddwl y byd ohoni hi!'

'Wel, o'n i'n meddwl hynna hefyd. Ond dwn i'm, Ki. 'Dan ni'm yn gwbod ei hanner hi, na 'dan?'

Pennod 11

'TISIO MYND AM dro? Neu i Fangor neu wbath?'

Edrychodd Mam i fyny arna i, ei cheg fymryn yn agored. Roedd hi wedi bod yn edrych ar ei ffôn yn y gegin ar ôl clirio'r llestri brecwast, a doedd hi ddim wedi disgwyl ffasiwn gynnig gin i.

'E?'

'Paid â sbio arna fi fel'na, o'n i jyst yn gofyn!'

Cododd Mam un ael. 'Ti 'di hitio dy ben ne wbath?'

'Ocê, awn ni ddim 'ta!'

Cerddais allan o'r gegin, yn gwybod yn iawn y byddai hi'n dilyn. Mi wnaeth hi, wrth gwrs.

'Ydi bob dim yn ocê, yndi, Shane?'

Eisteddais ar y soffa, ac ochneidio. 'Yndi! Jyst ma... O, ti'n gwbod, yr holl beth Gwenno 'ma. Ma 'di neud i fi feddwl.'

Eisteddodd Mam ar y gadair freichiau, yn aros am fwy o esboniad.

'O'n i wastad chydig bach yn jelys o Gwenno, sti.'

Nodiodd Mam ac edrych i lawr. Roedd hi'n deall yn iawn.

'O'dd gynni hi bob un dim, doedd? Tŷ mawr, llofft fawr a gwylia a dillad neis...'

'O'n i'n 'rysgol efo'i mam hi, cofia,' atebodd Mam. 'Roedd

Glain yn union yr un fath. Ac o'n inna'n jelys ohoni hi, er mor galad oedd Nain a Taid yn trio efo fi.'

'Ond crap ydi o i gyd, 'de? Achos sgynni hi'm byd 'ŵan. Doedd hi'm yn well na ni wedi'r cyfan nag oedd, dim rili.'

'Wel, dwi'n sicr ddim yn jelys o Glain Llwyn ddim mwy,' meddai Mam, yn edrych yn uffernol o flinedig. 'Waeth faint o bres fydd gynni hi, fydd o byth yn dŵad â'i hogan fach hi'n ôl.'

'A dwi'n falch, sti, mai chdi ydi mam fi.' Trodd Mam ei llygaid ata i mewn syndod. 'Paid â sbio arna fi fel'na. Ma rhieni Gwenno'n llanast llwyr. Dydi rhieni'r lleill fawr gwell rili, ma nhw un ai'n obsesd efo neud mwy o bres neu'n yfad gormod neu'n gwrthod coelio fod eu plant nhw fwy neu lai yn oedolion rŵan. A dwyt ti ddim fel'na.'

'O, Shane.'

'Paid â mynd yn sopi. O'n i jyst yn meddwl, sgin i'm byd ymlaen a 'swn i'n licio ella 'sa ni'n gallu mynd am dro, neu mynd i dre neu wbath. Gin i bres pen-blwydd ar ôl...'

'O, 'swn i wrth fy modd, pwt, ond dwi'n goro mynd i fyny i dŷ Gwenno i llnau heddiw. Ma nhw 'di gofyn am Sadyrna hefyd rŵan, am fod 'na gymaint o bobol yn galw.'

'O!' atebais yn siomedig. Ro'n i wedi edrych ar ei ffôn hi gynna, ac wedi gweld LLWYN ar ei hamserlen llnau hi ar gyfer heddiw. 'Fyddi di'm yn hir, na fyddi? Fedran ni neud wbath wedyn?'

'Fydda i gwpl o oria o leia...'

'Wel, tisio i fi ddŵad efo chdi? I helpu? Fyddi di'm mor hir wedyn, a fedran ni neud wbath...'

'O, dydi o'm yn lle neis i fod, sti. Dim ar ôl colli Gwenno...'

'O, ocê. Mae'n iawn, a' i allan efo Dion heno.'

'Ond…' pwyllodd Mam, fel o'n i'n gwybod y byddai'n gwneud. Os oedd un peth y medrwn i ddibynnu arno, fod Mam yn mynd i fod eisiau treulio amser efo fi oedd hynny. 'Duw, ia, tyrd. 'Sa chdi'n gallu hwfro'r llofftydd tra dwi'n neud y gegin a'r stafelloedd molchi. Dydi'r Bedwyr 'na'm yn gwbod be ma brwsh toilet yn dda.'

'Iawn! Awn ni i rwla wedyn.'

'Diolch, Shaney.'

'Iawn, siŵr.'

Oedd, roedd Mam yn wirion i goelio'n sydyn 'mod i ddim yn unig isio treulio amser efo hi, ond 'mod i'n sydyn yn fodlon ei helpu hi i llnau tŷ pobol do'n i ddim yn eu licio. A ddyliwn i ddim fod wedi deud celwydd wrthi, ond doedd gen i fawr o ddewis. Doedd hi ddim yn dwp, fy mam i, ond mae mamau i gyd chydig bach yn thic pan mae'n dod i'w plant eu hunain. Mae'n hawdd ofnadwy defnyddio eu cariad nhw yn eu herbyn. Yn fwy na dim byd arall yn y byd, maen nhw jyst isio treulio amser efo'u plant.

Dwi rioed wedi cwrdd â dynes fatha Mam.

Mae'n siŵr fod 'na neb arall yn ei weld o. I bobol eraill, roedd hi'n edrych mor normal – dynes dan bedwar deg ond yn edrych yn bedwar deg pump. Wedi byw yn yr un pentref erioed. Wedi gwneud hanner cwrs coluro yng Ngholeg Menai ond mi aeth i feichiogi efo fi a gorfod darfod.

Chwaer sy 'di marw. Ei mam wedi marw hefyd, yn dal i smocio tan y diwedd un er fod y cancr yn ei hysgyfaint yn ei mygu hi o'r tu mewn. Tad oedd wedi symud i ffwrdd a phriodi hen ast. A wedyn yr holl fusnes efo'i boi drwg – fy nhad i – oedd wedi gwneud lot o ddifrod i gymeriad Mam cyn iddo wneud yr unig beth clên wnaeth o erioed a symud i ffwrdd.

Be ma pobol ddim yn dallt am Mam ydi bod mwy iddi na'r ddynes mewn dillad di-siâp, di-liw, y ddynes heb golur, y ddynes sy'n dawel bolisio'r budreddi i gyd o gorneli tai'r bobol grand am lai na *minimum wage*. Mae 'na bethau wedi digwydd iddi. 'Sa gynnoch chi ddim syniad. Dwi'm yn gwybod ei hanner hi, ond dwi'n gwybod digon.

Be dach chi ddim yn ei wybod ydi fod 'na lwyth o bobol fatha Mam, lle mae jyst codi o'r gwely yn y bore a byw bywyd normal yn eu gwneud nhw'n arwyr.

Weithiau, mae hi'n gymaint o hwyl. Pan 'dan ni'n gwylio *Friday Night Dinner* neu *Father Ted* efo'n gilydd, ac ma hi'n chwerthin nes ei bod hi'n rhochian. Neu pan mae hi mewn tymer ofnadwy o dda, mae'n smalio bod ar raglen deledu yn coginio wrth iddi wneud swper. '… Aaaand you just pour the beans on the toast, not all over it, you want the crusts to be crunchy…' A dwi'n trio peidio chwerthin achos fod yr holl beth mor wirion, ond dwi'n methu peidio achos mae'n ddigri a dwi'n ei licio hi fel hynna. Weithiau, dwi'n gweld pwy oedd hi, neu pwy fysa hi wedi gallu bod – hapus, bodlon, yn gwybod yn iawn sut i ymlacio.

*

Wrth gwrs 'mod i wedi cael y syniad o fynd â Mam allan er mwyn gallu mynd i Llwyn. Na, fyddwn i ddim wedi gwneud hynny am unrhyw reswm arall.

Ond dwi isio i chi ddallt un peth. Ro'n i'n golygu popeth ddeudais i wrth Mam, a dwi'n falch 'mod i wedi ei ddeud

o. Mae hi *yn* well na'r rhieni eraill. Dwi *yn* falch mai hi ydi Mam, er bod hynny'n golygu 'mod i'n dlawd a bod 'na ddim llawer o lwybrau i fi eu dilyn mewn bywyd. Achos os oes gynnoch chi'r rhieni anghywir, dach chi 'di colli o'r dechrau un.

Dim ond Glain oedd yn Llwyn y prynhawn hwnnw, ac roedd hi'n ddigon hapus i mi helpu Mam efo'r llnau. Wnaeth hi prin edrych arna i o gwbl, ac ro'n innau'n teimlo'n rhyfedd yn edrych arni hi. Roedd yr holl bethau ddeudodd Gwenno wrtha i amdani yn gwneud i mi ei chasáu hi, ond roedd arna i ofn y byddwn i'n dechrau teimlo chydig o biti drosti os byddwn i'n edrych gormod arni, ac yn gweld mam yn galaru am ei merch. Roedd 'na olwg y diawl arni – *migraine*, meddai hi – a deudodd fod pawb wedi mynd allan i roi llonydd iddi. Roedd hi'n mynd i'w gwely. Roedd hi'n iawn i ni gario mlaen, ond i adael eu llofft nhw, plis.

Wrth Mam ddeudodd hi hyn i gyd. Ella fod arni hi ofn edrych arna i gymaint ag oedd arna i ofn edrych arni hi.

Roedd Mam yn dda yn ei gwaith, roedd hynny'n amlwg. Mi wnaeth hi fymryn bach o dacluso yn y llofftydd cyn nôl yr hwfer i mi, ac roedd hi fel peiriant, yn gwybod yn union ble roedd popeth i fod i fynd, a ble roedd priod le unrhyw beth oedd wedi cael ei adael allan. Rhyfedd, nabod tŷ pobol eraill fel'na.

Ro'n i'n trio peidio busnesu, dim achos bod unrhyw beth yn bod efo hynny ond achos ei fod o ddim yn teimlo'n iawn ar ôl popeth ddigwyddodd i Gwenno. Ond mae o'n anodd mewn tŷ fel'na. Fel stafell wely Bedwyr – roedd hi bron iawn yn fwy na lawr grisiau'n tŷ ni i gyd, ac roedd hi'n edrych yn hollol berffaith. Teledu enfawr, y system gyfrifiadurol fwyaf newydd, dillad a threnyrs y byddwn i'n fodlon lladd amdanyn nhw. Roedd ganddo wely mwy na gwely Mam, ac arfbais tîm rygbi Cymru ar y wal uwchben ei wely. Ond roedd 'na werth tridiau o fygs a phlatiau o gwmpas y lle, a'r dillad neis yn cael eu taflu i un ochr ar ôl iddo orffen efo nhw. Roedd yn anhygoel, ond doedd o ddim yn syndod – doedd pobol fel hyn ddim yn gwybod pa mor lwcus oeddan nhw.

Lwcus? atgoffais fy hun. A Gwenno wedi marw?

'Dwi am fynd i neud y gegin rŵan, ocê? Cofia neud y job yn iawn, a gwna'r corneli.' Roedd hi wedi nôl yr hwfyr i mi erbyn hyn, oedd yn un o'r rhai drud 'na lle dach chi'n gallu gweld y budreddi yn casglu ynddo fo (sy'n afiach, ond am ryw reswm yn cael ei weld fel peth da).

'Ia, iawn.'

'Tyrd i nôl fi os oes 'na rywbeth ti'm yn siŵr ohono fo, ocê?'

'Dwi'n gallu hwfro, Mam.'

Ro'n i'n reit dda am wneud y job, a deud y gwir. Do'n i ddim yn dda iawn am llnau fy llofft fy hun adra – byddai Mam yn hefru o hyd – ond rhaid i mi gyfaddef, roedd 'na bleser mewn cael ystafell i edrych mor lân a thaclus â phosib. Er mai dim ond hwfro ro'n i fod i'w wneud, ro'n i'n gwneud pethau bach, fel sythu pentwr o lyfrau oedd yn gam, gwneud yn siŵr fod pob potel a thiwb yn wynebu'r ffordd iawn, sythu unrhyw barau o sgidiau. Mi wnes i lofft Bedwyr, y llofft sbâr a'r ystafell fyw mewn dim o dro. Ond ro'n i'n gwybod bod rhaid i mi wneud llofft Gwenno, ac roedd fy mol i'n troi wrth feddwl am y peth, yn hanner nerfus, hanner cyffrous.

Agorais y drws a sleifio i mewn, yr hwfyr yn fy llaw.

Roedd popeth yn union fel ag yr oedd o y tro diwethaf i mi fod yma. Wel, bron popeth. Shit. Gwenno druan.

Medrwn ei gweld hi rŵan yn eistedd ar y gwely, ei phennau gliniau wedi eu tynnu i fyny'n dynn at ei gên, ei gwallt fel un sgwâr perffaith o sidan aur ond y mec-yp yn llanast dros ei gruddiau.

Dwi'm yn gwbod be i neud, Shane! Plis helpa fi.

Eisteddais ar y gwely. Roedd rhywun wedi bod yn cysgu yma – Glain, ella. Roedd y cynfasau'n flêr a siâp pen wedi pantio'r gobennydd.

Dwi fewn yn rhy bell. Dwi wir ddim yn gallu neud hyn dim mwy. A fedra i'm deud wrth neb ond chdi. Plis!

Yr unig adeg fues i yn ei thŷ hi, jyst hi a fi. Roedd Glain a Celfyn i ffwrdd yn dathlu pen-blwydd priodas mewn ryw westy crand. Do'n i ddim yn licio Llwyn. Roedd Gwenno'n edrych gymaint yn llai na hi ei hun mewn tŷ mor fawr. Doedd hi ddim yn hi yn ei chartref ei hun.

Doedd hynny dim ond, beth, fis yn ôl? Na, chydig yn hirach – chwech wythnos. Ond doedd neb yn gwybod 'mod i wedi bod i fyny i Llwyn bryd hynny. Dim Keira na Glain na Mam. Doedd neb yn gwybod cystal o'n i'n nabod y stafell yma.

Ac er fod yr atgofion mwyaf diweddar oedd gen i o'r fan hyn yn rhai digalon, ro'n i'n gallu dychmygu adegau lot mwy normal yma hefyd – bywyd bob dydd Gwenno. Pethau fel ymestyn i roi *snooze* ar y cloc larwm ar ei ffôn ar fore ysgol, neu eistedd wrth y drych yn sychu ei gwallt, neu'n gorwedd yn ei gwely'n gwneud ei gwaith cartref ar ei glin.

Mae'n siŵr mai dyna oedd y pethau oedd yn rasio drwy

feddwl Glain pan oedd hi'n cysgu yma gyda'r nos. Meddwl am Gwenno'n hogan fach, a Gwenno ar fore Dolig, a…

Codais y gobennydd a'i arogli, yn trio chwilio am rywfaint o arogl Gwenno. Ond roedd hi wedi mynd, a dim ond arogl dyn oedd ar ôl. Saim gwallt a chydig bach o *aftershave*. Doedd o ddim yn arogl neis iawn, ac edrychais yn fanylach ar y gobennydd. Oedd, roedd 'na un blewyn golau, garw, byr yn dangos nad Glain oedd wedi bod yn cysgu yma, ond Celfyn.

Ddeudodd Mam 'mod i wedi gwneud job da. Roedd hi'n ei feddwl o hefyd, ddim yn deud yn y ffordd yna mae pobol yn deud wrth eu plant eu bod nhw'n dda am dynnu llun. Mi wnes i hwfro a chodi llwch a dadlwytho'r peiriant golchi llestri. A fi gynigiodd wagio'r biniau bach a rhoi bagiau newydd ynddyn nhw. Roedd Mam yn cytuno bod hynny'n syniad da ac, wrth gwrs, roedd o'n gyfle perffaith i mi fynd allan i'r buarth a gwneud beth oedd angen ei wneud.

Erbyn i ni adael Llwyn y pnawn hwnnw, roedd bag a ffôn Gwenno wedi eu stwffio'n bell dan sêt y gyrrwr yn Land Rover budr Celfyn. Y Land Rover dim ond fo oedd yn ei ddefnyddio ac, wrth gwrs, ro'n i wedi defnyddio offer glanhau Mam i lanhau fy olion bysedd oddi ar bob dim yn gyntaf.

'Chwarae teg, ti'n dda iawn pan ti'n gneud ymdrech,' meddai Mam wrth iddi yrru adref, ac mi gymerodd hanner eiliad i mi sylweddoli mai sôn am fy sgiliau glanhau oedd hi a dim am fy ngallu i gael gwared ar dystiolaeth mewn achos o lofruddiaeth.

Wnaethon ni ddim mynd am dro, na mynd allan am

goffi. Ond y noson honno, gyrrodd Mam a finnau i Maccies, archebu Big Mac Meals, a mynd i'w bwyta nhw yn y *lay-by* neis yna yn Sir Fôn lle dach chi'n gallu gweld Pont Borth. Ro'n i wedi trio talu am y bwyd, ond roedd Mam yn deud 'mod i'n ei haeddu o am yr holl waith ro'n i wedi ei wneud yn Llwyn heddiw.

'God, ma hwn yn lyfli,' meddai Mam, gan gnoi ar ei Big Mac, ychydig bach o saws ar ochr ei hwyneb. 'Diolch am helpu fi heddiw, Shaney.'

'Ma'n ocê.'

'Siŵr fod o'n rhyfedd i chdi, mynd i lofft Gwenno. Ella dylswn i 'di cadw chdi o 'na. 'Nes i'm meddwl y peth drwodd yn iawn.'

'Ma'n ocê.'

Roedd 'na dawelwch wrth i ni ganolbwyntio ar fwyta, ond ro'n i'n teimlo bod Mam isio deud mwy.

'Mae o mor rhyfedd, dydi? Y ffordd mae pobol fel tasan nhw'n newid pan maen nhw'n marw,' deudais ar ôl ychydig.

Edrychodd Mam draw arna i. Roedd yr awyr yn dechrau tywyllu uwchben Pont Borth, a'r mynyddoedd uwchben Bethesda bron iawn yn ddu tu ôl i Fangor. Ro'n i'n methu gweld y chwarel o fama. 'Sa chi byth yn meddwl bod 'na bobol wedi chwalu perfedd un o'r mynyddoedd yna.

'Be ti'n feddwl?'

'Ti'n gwbod. Achos bod hi 'di marw'n ifanc, ma pawb yn meddwl bod hi'n berffaith, dydyn?'

Syllodd Mam arna i am hir wrth i mi stwffio *fries* i mewn i 'ngheg. 'Oedd hi ddim fel maen nhw'n deud, 'ta? Gwenno?'

'Does 'na neb fel maen nhw'n deud,' atebais, gan ofni

braidd 'mod i wedi deud gormod. Doedd Mam ddim angen gwybod am hyn. 'Oedd, ma'n siŵr. Eitha perffaith. Do'n i'm wir yn ei nabod hi, ddim yn iawn.'

Pennod 12

Arhosodd Keira nes y wers Saesneg cyn mynd i siarad efo'r heddlu. Do'n i ddim yn meindio Saesneg, ond roedd hi'n casáu pob eiliad, yn enwedig pan oeddan ni'n gorfod darllen llyfr neu ddrama neu rywbeth. Mae gan rai pobol ddigon o straeon yn barod, dydyn nhw ddim angen rhai newydd i fynd â lle yn eu pennau nhw.

Cyn gynted â ddeudodd Miss Einion ein bod ni'n mynd i fod yn '... discussing the symbolism in *Macbeth*' saethodd llaw Keira i'r awyr. Ochneidiodd Miss Einion ac edrych arni dros ei sbectol.

'Yes, Keira?'

'I need to go, Miss.'

'You had plenty of time before the lesson.'

'Not to the toilet. I want to go and talk to the counsellor.'

Edrychodd ambell un ar Keira, ond doedd pethau fel hyn ddim yn anarferol. Roedd llawer o'r dosbarth wedi osgoi gwersi diflas drwy smalio eu bod nhw angen siarad efo'r cwnselydd. Yn ystod gwersi Maths, roedd 'na giw y tu allan i'w drws hi.

'Yes, of course,' meddai Miss Einion yn dawel. Ella'i bod hi'n meddwl ei bod hi wedi gwneud rhywbeth o'i le. Roedd

Macbeth yn ddrama waedlyd i'w hastudio efo criw oedd wedi colli ffrind drwy lofruddiaeth.

Daliais lygaid Keira wrth iddi bacio ei bag cyn gadael. Roedd hi'n mynd i ddeud wrth y cwnselydd am Celfyn. Dechreuodd ryw gyffro afiach ffrwtian yng ngwaelod fy stumog.

Roedd rhywbeth ar fin digwydd.

*

Wnaeth o ddim ond cymryd cwpl o oriau nes i bethau ddechrau symud.

Yn gyntaf, Keira'n deud wrth y cwnselydd, ac yna wrth yr heddlu, ei bod hi wedi teimlo'n anghysurus efo Celfyn. Soniodd be ddigwyddodd iddi ar y noson yna yn Llwyn, a be oedd Gwenno wedi ei ddeud wedyn. Ar ôl chydig o holi ymhellach, cyfaddefodd Keira wrth yr heddlu fod 'na ambell beth bach arall oedd yn teimlo'n rhyfedd am Celfyn a Glain a theulu Llwyn. Doedd Gwenno byth isio mynd adref. Ei bod hi wedi arfer mynd i dŷ Keira'n aml, hyd yn oed ar noson Nadolig y llynedd. Ei bod hi'n gwrthod ateb ei ffôn pan oedd ei rhieni'n ei ffonio hi.

Mae hyn yn eithaf normal, wrth gwrs. Pwy sydd isio bod efo'i rhieni o hyd? Pwy fyddai'n dewis bod mewn ffermdy ganol nunlle pan oedd hi'n bosib bod mewn tŷ bach clyd efo'i ffrind gorau yng nghanol Bethesda? Ond roedd popeth fel tasai'n amheus ym mywyd Gwenno rŵan. Roedd popeth yn teimlo fel prawf fod rhywbeth o'i le yn Llwyn.

Ar ôl i Keira siarad â'r heddlu, gofynnodd am gael mynd

adref, gan ddeud ei bod hi'n teimlo'n rhy isel i fynd yn ôl i'r dosbarth. Aeth un o'r heddlu â hi adref mewn car, a threuliodd Keira'r pnawn yn gwylio bocs set *Made in Chelsea* yn y gwely. Roedd gwers Bioleg ar ôl cinio. Doedd Keira ddim yn licio Bioleg.

Ar ôl ysgol, ar ôl i Mam ddod adref o'r gwaith a chael *tuna pasta bake* i swper a smalio gwneud fy ngwaith cartref, ro'n i'n eistedd ar fy ngwely, yn edrych ar fy ffôn ar be oedd yn digwydd yn y Premier League, yn disgwyl i rywbeth ddigwydd. Roedd Mam yn smwddio o flaen y teledu, ac mi glywais i hi'n ebychu.

'Blydi hel!'

Es i lawr y grisiau ati. Roedd hi'n smwddio un o grysau Celfyn, a phentwr o ddillad Llwyn wedi eu smwddio a'u plygu ar y gadair wrth ei hymyl. Roedd ambell un o grysau gwynion Celfyn yn hongian o gwmpas yr ystafell, fel ysbrydion yn ein stafell fyw fechan. Codai stêm o'r crys streips, a thrwy'r stêm, roedd wyneb Celfyn Davies ar y teledu. Golwg y diawl arno fo.

Ro'n i'n gobeithio, wrth gwrs, fod hyn am ddigwydd, ond do'n i ddim yn meddwl y byddai wedi digwydd mor sydyn. Dangosai'r sgrin heddwas yn arwain Celfyn allan o ddrws cefn Llwyn, ei lygaid yn fawr a'i geg yn slac, rywsut, fel tasa fo'n sgrechian efo'i geg ar gau. Roedd golau mawr y camerâu teledu wedi ei bwyntio ato fo, a dynes y newyddion yn siarad dros y cyfan gyda llais oedd yn llawn difrifoldeb.

'Celfyn Davies, the father of teenager Gwenno Davies, has tonight been arrested on suspicion of her murder...'

'Mai god,' meddai Mam, gan ysgwyd ei phen. *'Fo?'*

'Ti'n synnu?'

Edrychodd Mam arna i, ei llygaid yn fawr. 'Wel, yndw! Dwi'n nabod y boi, Shane! Na… 'Sa no we nath o hynna…'

''Swn i ddim mor siŵr. Petha ma pobol yn deud amdano fo.'

'Fatha be?'

'O, jyst ei fod o'n hen ddyn budur. Yn crîpi. Ac mae o'n ffalsio, dydi, smalio'i fod o'n foi mawr pwysig rownd y lle.'

'Dydi hynna'm yn meddwl ei fod o wedi lladd ei ferch ei hun, nadi!' Syllodd Mam ar y teledu, ar y dyn roedd hi wedi treulio amser efo fo, y dyn roedd hi'n glanhau ei flew allan o blwg y gawod, y dyn oedd yn gwneud coffis crand iddi gyda gwên fach glên.

'Nadi, ond mae o *yn* dangos bod o'n ffêc. Bo' ni ddim yn gwbod pwy ydi o go iawn.'

''Sa neb yn gwbod pwy ydi neb go iawn,' atebodd Mam, ac edrychodd i lawr ar y crys roedd hi newydd fod yn ei smwddio. Ei grys streips *o*. Ysgydwodd ei phen. 'Blydi hel.'

''Swn i'n synnu dim tasa Glain yn ei chael hi hefyd. Dydi'm yn ddynas neis iawn, nadi?'

'O, Shane, paid 'ŵan. Ma nhw 'di colli'u merch! 'Nes i'm magu chdi i fod mor gas.'

'Chdi sy'n bod yn naïf. 'Sa gin ti'm hanner gymaint o feddwl ohonan nhw tasan nhw'n brôc, fatha ni.'

'Paid â bod yn wirion!' Roedd Mam wedi ei brifo mwy nag oedd hi'n flin, dwi'n meddwl. Roedd hynny'n brifo mwy nag unrhyw beth arall, a doedd o ddim yn wir, doedd Mam ddim fel'na. Ond byddai popeth yn haws rywsut tasa hi'n gallu coelio mai Celfyn laddodd Gwenno.

'Mae o'n wir. Sti'r crys 'na ti'n smwddio? Mae o 'di costio

bedair gwaith be ma nhw'n dy dalu di i neud y smwddio i'w teulu nhw i gyd.'

Trois i adael, ond dim cyn cymryd un cip arall ar y sgrin. Yno, yn y cefndir, roedd y Land Rover, a thu mewn i'r Land Rover roedd 'na ddigon o dystiolaeth i ddanfon Celfyn Davies i'r carchar am amser hir iawn iawn.

★

Roedd yr ysgol yn llawn o'r hanes y diwrnod wedyn, a mwy o ffotograffwyr nag arfer wrth y giât. Doedd Keira ddim wedi dod. Ro'n i wedi cael neges ganddi'n hwyr y noson gynt.

Ffyc.

Ro'n i wedi ateb, wrth gwrs, yn deud nad ei bai hi oedd hyn i gyd, ei fod o'n iawn eu bod nhw'n edrych i mewn i sut berson oedd Celfyn go iawn. Ond ma Keira yn hogan ofnadwy o ffeind yn y bôn, ac roedd hi'n teimlo'n euog, dim ond am iddi ddeud y gwir. Ma hi'n gweld y gorau ym mhawb – dyna'r peth gwaethaf amdani.

Roedd Dion a Llŷr a finnau'n eistedd gyda'n gilydd yn y dosbarth cofrestru, a'r genod i gyd wedi mynd mewn grŵp bach i drafod y peth. Mi ges i sioc wrth weld Llŷr. Roedd ei wyneb o'n wyn.

'Ti'n edrych yn uffernol,' meddai Dion wrtho'n siriol.

'Wrth gwrs 'mod i!' meddai Llŷr dan ei wynt, fel tasa hyn i gyd yn gyfrinachol a ddim ar bob un sianel newyddion a dros y we i gyd. 'Dim fo nath!'

'Sut ti'n gwbod?' holodd Dion. Roedd o'n smalio bod yn

ddi-hid, ond ro'n i'n ei adnabod o'n well na Llŷr, ac roedd Dion yn nerfus ofnadwy go iawn. 'Chdi nath?!'

'Paid â bod mor blydi stiwpid! Mae o'n foi neis, dydi! 'Dan ni'n nabod o!' atebodd Llŷr yn frysiog. 'O'dd Dad yn 'rysgol efo fo, ac mae o'n deud bo' 'na ddim ffor' yn y byd nath o...'

'Ma raid fod ganddyn nhw ddigon o brawf os ydyn nhw wedi'i arestio fo...' ychwanegais.

'Fatha be?'

'Dwi'm yn gwbod, nadw, dwi'm yn gopar!'

Ond roedd 'na gopar yn yfed yn y George efo brawd Dion, a doedd o ddim yn un da iawn am gau ei geg. Roedd o'n gweithio ar y noson arestiwyd Celfyn, a fo oedd un o'r rhai oedd y tu ôl i'r ddesg pan ddaethpwyd â thad Gwenno i mewn i orsaf Bangor. Unwaith roedd y copar yna'n cael cwpl o beints, roedd o'n fodlon datgelu bob dim. O fewn ychydig ddyddiau, roedd pawb yn gwybod be ddigwyddodd pan arestiwyd Celfyn Davies.

*

'Be sgynnoch chi arnoch chi?' gofynnodd yr heddwas y tu ôl i'r ddesg. Roedd ei lais o'n undonog, achos doedd hon ddim yn swydd roeddach chi'n gallu bod yn emosiynol ynddi.

Syllodd Celfyn dros y ddesg arno fo. Roedd o'n welw, welw, a'i wyneb yn edrych fel cwyr cannwyll.

'Wel?' meddai'r heddwas wedyn. Syllodd Celfyn arno fel tasa'r ddau yn siarad ieithoedd gwahanol.

'Sori?'

'Be sgynnoch chi arnoch chi? Waled? Goriadau? Ffôn?'

'O!' Gwagiodd Celfyn ei bocedi ar y ddesg fach.

Waled ddu ddrud oedd yn dynn o lawn. Ynddi, byddai'r heddlu yn dod o hyd i £36.45 mewn arian parod; llwyth o gardiau banc, gan gynnwys yr un aur dach chi mond yn ei gael pan dach chi'n gyfoethog; cerdyn aelodaeth i'r clwb rygbi; derbynneb am fwclis o siop yng Nghaernarfon; lluniau o Gwenno a Bedwyr yn blant bach ar ben mynydd. Cyllell boced, un neis efo sawl teclyn arni hi – peth agor potel gwrw; sgriw i agor potel win; sawl llafn miniog. Roedd ambell linyn brau o wlân yn sownd yn y gyllell – roedd hi'n amlwg yn cael ei defnyddio ar y fferm. Er mai wedi cael ei tharo dros ei phen â rhywbeth trwm oedd Gwenno, doedd neb isio cael eu dal gan yr heddlu yn cario cyllell.

Ffôn. Yr iPhone diweddara, â chlawr metel arno fo i'w achub rhag malu os oedd o'n disgyn. Llun o'r mynydd y tu ôl i Lwyn oedd llun papur wal y ffôn, ond roedd y negeseuon y daethpwyd o hyd iddyn nhw wedyn yn llawer difyrrach na'r llun. Roedd Celfyn wedi'u dileu nhw, wrth gwrs, ond does 'na ddim byd wir yn cael ei ddileu os ydyn nhw wedi bodoli ar dechnoleg. Mae pobol wir yn dwp os ydyn nhw'n meddwl ei bod hi'n bosib cael gwared ar unrhyw beth go iawn.

'Dwi isio twrna!' meddai Celfyn yn wan wrth weld ei ffôn yn cael ei gymryd gan yr heddlu. A dyna, wrth gwrs, oedd y diwedd iddo fo. Roedd o'n swnio'n euog, fel tasa ganddo rywbeth i'w guddio. Ac, wrth gwrs, roedd ganddo fo rywbeth i'w guddio – ond dim y peth mawr.

Wrth edrych ar yr holl bethau roedd Celfyn wedi'u dileu o'i ffôn daeth yr heddlu i wybod ei fod o'n cysgu efo un o ffrindiau Glain, yn ogystal ag efo Ffion, yr hogan glên oedd yn gweithio yng nghaffi Chwaral. Deunaw oed oedd Ffion. Roedd Celfyn wedi bod efo hi ers blwyddyn o leia, ac roedd y negeseuon rhwng y ddau yn ddigon i wneud i londt ystafell o heddlu gochi. Darllenodd yr heddlu yr enwau ffiaidd roedd o'n galw ei wraig pan oedd o'n sgwrsio efo'i ffrindiau, a'r sylwadau roeddan nhw – y criw ariannog, mawreddog, crand yma – yn eu gwneud am ffrindiau Gwenno. Blydi pyrfs.

Roedd 'na negeseuon gan Celfyn i'w ferch ar y ffôn hefyd. *Lle wyt ti?* dro ar ôl tro ar ôl tro, ac wedyn *Tyrd adra rŵan!* ac un neges ar y noson buodd hi farw, yn dweud wrth, *Paid â dod adra ta'r hwran.* Doedd Gwenno bron byth yn ateb, ond roedd yr ambell air a gawsai Celfyn yn ôl gan ei ferch druan yn swnio fel rhywun yn bloeddio am help wrth foddi. *Fydda i'm yn hir. Plis Dad.* A'r olaf un, y peth diwethaf a ddeudodd Gwenno wrth ei thad cyn iddi gael ei llofruddio.

Plis byddwch yn gleniach efo fi.

Mae'r gwirionedd plaen, hyll am unrhyw berson i'w gael yn ei ffôn. Dyna'r drych mwyaf gonest yn y byd.

Arweiniwyd Celfyn i gell, a chafodd ei gau i mewn yn y bocs bach oer, digroeso. Doedd 'na ddim byd yno heblaw amdano fo, gwely a thoilet, a syllodd yr heddwas i mewn drwy'r ffenest fach, fach yn y drws. Am le i ffasiwn ddyn fod! Roedd yr *en-suite* yn Llwyn yn fwy o faint.

Safodd Celfyn yng nghanol y gell. Syllodd ar y wal. Roedd o'n edrych yn pathetig. Yn y byd tu allan, roedd o'n gyhyrog, ond tew oedd o yn y gell. Y tu allan, roedd o'n edrych fel tasa'i wyneb o'n datblygu crychau fel y mynydd roedd o'n ei ffermio, yn adlewyrchu ei dir mewn ffordd olygus. Yn y gell, roedd o jyst yn hen. Roedd o wedi gorfod tynnu ei sgidiau rhag ofn iddo drio crogi ei hun efo'r creia, ac felly roedd o'n sefyll yno mewn slipars papur tenau. Hen ddyn budr, a'i ffôn yn brawf ei fod o'n ddim byd ond crîp. *Weirdo.* Pyrf.

Roedd Celfyn yn llonydd am hir yn y gell. Jyst yn sefyll yno.

Mae'n siŵr ei fod o'n meddwl am y ffaith ei fod o wedi colli bob dim. Ei wraig, yn sicr. Ei fab. Fyddai Bedwyr ddim yn licio'r negeseuon chwaith. Byddai'n rhaid gwerthu'r fferm er mwyn talu am yr ysgariad. Byddai'n colli ei fynydd.

Ond doedd o ddim yn meddwl y byddai unrhyw beth yn dod o'r syniad gwallgo yma mai fo laddodd Gwenno. Wedi'r cyfan, nid fo wnaeth. Doedd 'na ddim tystiolaeth yn ei erbyn.

Doedd o ddim i wybod am y pethau ro'n i wedi eu plannu yn y Land Rover. Faint o amser fyddai'r heddlu ei gymryd cyn dod o hyd i'r bag a'r ffôn? Oriau? Diwrnod ar y mwyaf.

Plis byddwch yn gleniach efo fi.

Do, mi wnes i'n siŵr mai Celfyn Davies oedd yn cael y bai am lofruddio ei ferch. Be wnaeth o i Gwenno yn union? Dwn i'm. Ond ro'n i'n cofio ei dagrau hi. Ro'n i'n cofio gorfod cuddio'r ffaith ein bod ni'n ffrindiau, rhag ofn iddo fo wylltio. Ac ro'n i'n cofio'r ffordd roedd o wedi trin Mam.

Do'n i ddim, a wna i byth, ddifaru.

Pennod 13

'**H**EI.'
Roedd hi'n sefyll wrth y gofgolofn ar Stryd Fawr Bethesda, haul y bore yn goleuo'r blethen o wallt oedd yn llifo dros un ysgwydd. Roedd hi'n gorjys, yn pwyso yn erbyn y wal yn sbio ar ei ffôn. Hyd yn oed yn ei gwisg ysgol, roedd hi'n edrych fel y dylia hi fod mewn ffilm neu mewn band.

Edrychodd i fyny arna i a gwenu. Nodiodd i lawr ar ei ffôn. 'O'n i fod i gwarfod Keira yma cyn 'rysgol, ond mae hi'n dal yn ei gwely. Fydd hi yn y cachu am fod yn hwyr eto.'

'Cerdda i fyny efo fi, 'ta.'

Syllodd Gwenno arna i. Syllais innau'n ôl, yn syth i'w llygaid. Roeddan ni wedi treulio'r diwrnod cyfan dydd Sul diwethaf yn y chwarel, yn smocio ac yn yfed jin posh roedd Gwenno wedi'i ddwyn o gwpwrdd ei rhieni, ac yn siarad am ddim byd a phob dim. Ond cerdded i fyny'r allt i'r ysgol efo fi? Roedd hynny'n fwy o beth.

'Ma pawb yn gwbod bo' ni yn yr un criw, Gwenno. Sa'n fwy *weird* tasan ni *ddim* yn cerdded i fyny efo'n gilydd.'

Gwenodd hithau, a dechreuon ni gerdded. Roedd o'n teimlo'n od, bod yn y stryd efo hi, y ddau ohonan ni, a bywyd Bethesda yn cario mlaen o'n cwmpas ni.

'Ti 'di neud gwaith cwrs Saesneg?' dechreuais ofyn, ac ysgydwodd Gwenno ei phen efo gwên fach, fel taswn i wedi gofyn y cwestiwn anghywir. 'Be...?'

'Sbia perffaith ydi fama.'

Edrychais arni mewn penbleth. Roeddan ni ar Stryd Fawr Bethesda. Ro'n i'n cerdded ar y ffordd yma bob dydd.

'Fama?'

'Ia. Wel, Pesda i gyd. Yn y bora, fel'ma. Mae o jyst yn berffaith, Shaney.'

Ac edrychais ar Fethesda yn iawn am tro cynta.

Roedd ceir yn gwibio ar hyd y lôn, ambell berson yn cerdded i'r ysgol neu i'r gwaith, eu bagiau ar eu cefnau. Dros y lôn, roedd arogl cebábs yn dal i ddod o gyfeiriad y siop, er ei bod wedi cau ers neithiwr, ac i lawr y lôn roedd dynes ifanc yn dal llaw hogan fach wrth agor siop efo goriad oedd yn sgleinio fel newydd. Ar y gornel wrth ymyl maes parcio Cae Star roedd 'na ddwy fam yn gwthio bygis, y ddwy'n chwerthin yn uchel ar rywbeth do'n i ddim wedi ei glywed.

Agorodd rhywun ffenest yn un o'r fflatiau uwchben yr hen fanc, a chwythodd y llenni net allan dipyn, fatha ysbryd yn dawnsio. Canodd rhywun gorn ei gar a chododd y postmon ei law ar y gyrrwr. Safai criw o bobol yn aros am fws, gan gynnwys un cwpl canol oed oedd yn dal dwylo ac yn pwyso i mewn i'w gilydd chydig bach. Uwchben pawb, roedd yr awyr yn un stribedyn o las a llwyd a gwyn.

Roedd pobol yn gwenu ar ei gilydd wrth basio, neu'n nodio, neu'n deud, 'Iawn?' mewn lleisiau oedd wedi hen arfer bod yn ffeind.

'Ti'n gweld?' meddai Gwenno, ac ro'n i *yn* medru gweld. Ro'n i'n gweld fama mor, mor glir. Adra.

Blydi hel, o'n i'n lwcus.

★

Dwi'n trio peidio cofio'r pethau da am Celfyn a Glain. Mae o wastad yn haws meddwl fod 'na bobol sy'n ddim byd ond drwg. Fod y byd wedi ei rannu yn *goodies* a *baddies*, ac mai ni ydi'r rhai sydd i farnu pa bobol sy'n ffitio i ba grŵp.

Does 'na neb yn cyfaddef hyn, ond mae casáu yn deimlad lyfli.

Mae o'n rhoi egni i chi fel dim byd arall yn y byd. Mae casáu rhywun, casáu go iawn, yn gwneud i'r gwaed deimlo fel petai'n pwmpio'n gyflymach drwy'ch gwythiennau, yn gwneud i chi deimlo'n gryf. Mae pawb yn gwybod fod hyn yn wir, achos mae pawb, rhywbryd, wedi cael yr ysfa i roi ei ddwrn drwy wal neu gicio cadair neu stido rhywun arall. Mae o'n gwneud i chi deimlo'n *fyw*.

Ro'n i'n casáu Celfyn a Glain.

A dyna pam ei bod hi'n anodd cofio fod 'na ochr arall iddyn nhw hefyd. Achos, wrth gwrs, dim ond ochr Gwenno ro'n i'n ei glywed. Ella'i bod hi'n hen jadan pan oedd hi adra. Ella'i bod hi'n deud clwydda wrtha i er mwyn 'nghael i deimlo bechod drosti. Dwi ddim yn meddwl, ond dydi o ddim yn amhosib.

Mi welais i Glain a Gwenno pan oedden nhw'n meddwl fod 'na neb yn eu gwylio. Dyna'r adegau mae pobol yn ymddwyn fel nhw eu hunain go iawn, wrth gwrs, felly ro'n i'n disgwyl i'r mwgwd lithro o wyneb Glain. Ond wnaeth o ddim.

Doedd o ddim yn hir ar ôl y noson rieni yna pan ddechreuais i a Gwenno fod yn ffrindiau go iawn. Ro'n i wedi gorfod aros yn yr ysgol yn hwyr i orffen ryw waith (*detention* a deud y gwir, ond roedd Mr Pryce yn rhoi *detention* i bawb o hyd, felly doedd o ddim wir yn cyfri.)

Roedd Gwenno a'i mam yn neuadd yr ysgol, dim ond y ddwy ohonan nhw. Dwi'm yn siŵr pam. Mae'n rhaid mai aros am gyfarfod efo Mr Lloyd oedden nhw am rywbeth, neu fod gan Glain gyfarfod llywodraethwyr. Ond safais i'n ôl wrth un o'r drysau canol yn sbecian ar y ddwy.

Roedd y neuadd yn dal yr un fath ag oedd hi yn ystod gwasanaeth y bore hwnnw, heblaw fod pawb wedi mynd. Y cadeiriau i gyd mewn rhesi yn wynebu'r ffrynt, a dim byd i'w weld ar y llwyfan. Roedd Gwenno'n eistedd yn y canol ar un o'r cadeiriau yn edrych ar ei ffôn, ac roedd Glain yn sefyll y tu ôl iddi yn chwarae efo gwallt Gwenno.

Roedd y ddwy'n gwenu.

'Dwi 'di meddwl rhoi lliw ynddo fo. Jyst i weld.' Roedd Gwenno'n dal i edrych ar ei ffôn, ond yn siarad efo'i mam.

'O na! Swn i'n lladd am wallt fatha dy wallt di. Dwi'n talu ffortiwn i fod yn blond, sti. Gofyn i Dad!'

'Ia, ond sa fo mond am dipyn bach, jyst i weld sut dwi'n edrach.'

Dechreuodd Glain blethu gwallt ei merch, a rhoddodd Gwenno ei ffôn i lawr ar y gadair yn ei hymyl, gwên fawr hapus ar ei hwyneb. A deud y gwir, dwi ddim yn siŵr a welais i rioed mo Gwenno'n edrych mor hapus â hynna.

'O! Ma hynna'n neis.'

'Plethi yn neis, dydi, ond mae'n biti cuddio dy wallt di hefyd.'

'O leia mae'n cuddiad 'y ngwynab i pan mae o i lawr,' atebodd Gwenno'n bwdlyd bron. Gollyngodd Glain y blethen ac aeth i eistedd yn ymyl ei merch.

'Cuddiad dy wyneb di! Callia, hogan, ti'n berffaith.' Rhoddodd ei braich o gwmpas Gwenno, a phwysodd Gwenno i mewn i'w mam.

Ro'n i'n rhythu mewn syndod. Roedd Gwenno wedi dweud mor uffernol o gas oedd ei mam amdani! Yn gweld ffaeleddau ym mhob dim! Ddim fel'na roedd o'n edrych i fi…

'Hei, swop sgidia?' holodd Glain wedyn, a do'n i ddim yn dallt. Ond yn amlwg, roedd hyn yn beth arferol. Ymbalfalodd y ddwy i gyfnewid ei sgidiau – bwtsias uchel du Glain a threnyrs Gwenno, oedd yn sgleinio fel glaw ar lechen. Roedd y ddwy'n edrych yn grêt ar ôl swopio eu sgidiau, ac mi feddyliais i eu bod nhw'n agos. Fel dwy chwaer, mae'r ddwy yma'n agos. Yn ffrindiau.

Do'n i ddim yn licio meddwl am hynna.

*

Roedd 'na bethau eraill hefyd. Ar ôl i Gwenno farw, roedd 'na ddigon o bobol i ddeud pa mor glên oedd Glain, mor anhunanol. Mi ddeudodd rhywun ar y newyddion fod Glain wedi rhoi dillad a dodrefn a bwyd iddi pan oedd hi'n methu fforddio dim byd ar ôl gadael ei gŵr. A deudodd rhywun arall ei bod hi wedi ymweld yn aml efo'r cartref henoed er mwyn sgwrsio efo'r rhai oedd heb deuluoedd ar ôl. Roedd ganddi lu o ferched oedd yn honni mai hi oedd eu ffrind gorau nhw, ac roedd y lluniau roedd hi wedi'u rhannu ar y we yn profi hynny – Glain yn cerdded i fyny mynydd efo criw o ffrindiau; Glain efo gwydraid o broseco, yr unig ddiod sy'n torri syched pobol dosbarth canol, efo criw o ffrindiau; Glain ar wyliau efo ffrindiau, yn sefyll ar ben yr Empire State Building a rhai'n syllu arni fel tasa hi'n dduwies.

Roedd digon o bethau da am Glain, a dyna oedd yn brifo Gwenno, dwi'n meddwl. Pan mae rhywun cas yn greulon efo chi, nhw ydi'r broblem – maen nhw'n gas efo pawb, felly be ydi'r ots? Ond os ydi rhywun yn glên efo pobol eraill, os ydi rhywun yn boblogaidd ac yn hael ac yn garedig, ond yn greulon efo chi... wel, pwy ydi'r drwg yn y caws wedyn?

Tybed sut un oedd Glain pan oedd hi ar ei phen ei hun? Pan doedd hi ddim yn perfformio, pan doedd hi ddim yn gwisgo'r wên barhaol yna? Pwy oedd hi yn ei chegin yn hwyr yn y nos, pan oedd pawb arall yn y gwely, pan oedd ei ffôn wedi ei ddiffodd o'r diwedd a dim byd ar ôl heblaw'r pethau oedd yn byw yn ei meddwl?

★

A be am Celfyn? Dyn drwg oedd o – Mam bach, roedd 'na ddigon o dystiolaeth yn erbyn hwnnw. Roedd o'n ferchetwr, yn trin pobol fel gwrthrychau, yn mwynhau gwneud i genod deimlo'n anghyfforddus. Doedd o ddim yn gadael i Gwenno fynd nunlla'n agos at yr un dyn. Siawns fod 'na ddim byd clên am foi fel fo.

Ond wrth gwrs fod 'na.

Yn rhyfedd iawn, roedd hi'n haws gweld y daioni yn Celfyn nag yn ei wraig. Roedd 'na rywbeth am ei ffordd o, rhywbeth hen ffasiwn ac annwyl a hoffus. Doedd o ddim mor uchel ei gloch â Glain, ac weithiau roedd rhywun yn gallu'i ddychmygu fo fel un o hogia Pesda, lawr yn y pyb yn cael hwyl ac yn sgwrsio efo pobol wrth gael smôc y tu allan. Roedd o'n meddwl gormod ohono'i hun i wneud pethau fel yna, wrth gwrs, ond ella y byddai o wedi bod yn well person tasa fo wedi priodi rhywun gwahanol.

Ond ro'n i wedi ei weld o. Am flynyddoedd, heb sylweddoli 'mod i'n ei wylio fo, heb sylweddoli fod fy meddwl i'n storio'r holl atgofion yma. A dwi'n meddwl 'mod i wedi cofio am ei fod o mor neis efo'i blant. 'Mod i wedi sbio arno fo ac wedi meddwl, shit, 'sa'n braf cael tad. Yn enwedig tad fatha hwnna.

Celfyn yn clapio'n uwch na phawb arall ar ôl sioe Dolig ysgol bach, yn chwibanu efo'i fysedd bach yn ei geg, ei lygaid yn dynn ar Gwenno.

Gwenno'n rhedeg at ei thad, nid ei mam, pan ddaeth hi o'r bws ar ôl trip i Lan-llyn, a'i llais yn ysgafn i gyd wrth iddi ddeud, 'Dwi 'di methu chdi gymaint.' A fynta'n gwenu fel tasa fo wir, wir yn hapus i'w gweld hi. Gwenno'n gwenu i fyny arno fo fel tasa'i chalon hi bron â byrstio.

Celfyn a Bedwyr, allan yn y pyb yn gwylio Cymru'n chwarae ffwti, a'r ddau'n chwerthin ac yn sgwrsio efo'i gilydd fel hen ffrindiau. Baglu allan i'r stryd efo'u breichiau o gwmpas ei gilydd, a Bedwyr yn mynnu, 'Dwi'n rili blydi caru chdi, Dad!'

Y genod yn yr ysgol, rywbryd cyn Dolig, felly ddim yn hir yn ôl, yn tynnu ar Gwenno'n ysgafn.

'Ma Dad chdi mor secsi!'

'Iesu Grist yndi, 'swn i *totally* yn…'

A Gwenno, er ei bod hi'n gallu cymryd jôc, er ei bod hi'n cŵl ac yn boblogaidd ac yn neis efo pawb, yn troi atyn nhw ac yn deud, yn ysgafn ond rywsut yn beryglus, 'Digon, ocê? Ma Dad yn foi iawn.'

Ond ar ôl i Gwenno farw dyna pryd sylweddolais i pwy oedd Celfyn go iawn. Pyrf pathetig a gwan yn sicr. Dyn drwg mewn lot o ffyrdd, ond mor uffernol o drist hefyd. Dyn unig, fel mae dynion fel fo wastad yn unig. Dynion sydd wastad isio gwell.

Pennod 14

DOES 'NA NEB wir yn gallu adnabod rhywun arall. Ddim yn iawn. Dwi'n berson hollol wahanol i Mam ag ydw i i Dion neu Llŷr. Ac ro'n i'n berson gwahanol i Gwenno. Fel'na ydan ni fel pobol. 'Dan ni'n newid ein hunain er mwyn ffitio i mewn efo pwy bynnag sydd efo ni ar y pryd. Ma hynny'n anonest iawn, ond mae o hefyd yn naturiol.

'Pam ti'm isio i neb wbod bo' ni'n ffrindia?' gofynnais i Gwenno ychydig fisoedd cyn iddi farw. Roeddan ni'n eistedd i fyny yn y chwarel, ar lechen fawr oedd yn llyfn ac yn gynnes. Dyna'r peth am lechi. 'Dan nhw ddim fel cerrig eraill. Maen nhw'n amsugno gwres yr haul ac yn ei gadw fo y tu mewn iddyn nhw am hir.

'Ddim hynna,' meddai Gwenno. Roedd hi'n gorwedd yn ôl ar lechen, ei gwallt golau'n hongian dros ochr y garreg. Yn ei sbectol dywyll, ro'n i'n gweld adlewyrchiad yr haul. Iesu Grist, roedd hi'n hardd!

'Be 'di o, 'ta?'

Eisteddodd i fyny, a gorffwys ar ei dwy benelin. Edrychodd arna i. 'Ti'n gwbod fel ma Dad.'

'Ond y criw! Pam ma raid i ni smalio? I Dion a Keira a heina?'

'Achos rywsut, neith Dad ddod i wbod. A neith o wylltio. Sori.'

'*Weird.*'

'O God, lot gwaeth na jyst *weird*. Fedra i ymdopi efo *weird*.' Ochneidiodd Gwenno a gorwedd yn ôl.

Do'n i ddim yn dallt ar y pryd.

Do'n i ddim yn dallt unrhyw beth.

Dyma sy'n rhaid i chi wbod.

Do, mi wnes i ladd Gwenno.

Dwi'n siŵr eich bod chi wedi dyfalu. Ond ddim am 'mod i'n gariad jelys, achos doeddan ni ddim yn ddau gariad o gwbl. Mae cael cariad yn hawdd. Mae ffrindiau go iawn yn llawer iawn anoddach – ffrindiau dach chi wir yn eu nabod, rhai sy'n gwybod popeth amdanoch chi. A dyna oedd Gwenno a fi, yn y bôn. Ffrind mor dda, ella'i bod hi'n well nad oedd unrhyw un yn cael gwybod am y peth.

Bai Glain oedd o, mewn ffordd. Hi sydd ar fai am hyn i gyd.

Y noson rieni ddiwethaf. Dach chi'n cofio fi'n sôn? Glain yn bod yn neis-neis efo Mam, ac wedyn yr un frawddeg wrth ei ffrind wrth i ni adael – 'Bechod. Hi ydi'r *cleaner.*' A Gwenno yn sbio i fyny ar ei mam, yn gwybod yn iawn pa mor snobyddlyd a hyll roedd hi'n swnio.

A wedyn, llygaid Gwenno yn troi ata i, a'r ddau ohonan ni'n syllu ar ein gilydd dros neuadd yr ysgol. Fi yn hogyn di-ddim, anghofiadwy. Hi yn dlws ac yn berffaith ac yn boblogaidd. Ond am unwaith, doedd dim ots gen i ei bod hi i fod yn well na fi. Roedd ei mam hi newydd bitïo Mam jyst achos ei bod hi'n glanhau. Do'n i ddim *isio* sylw Gwenno ar yr eiliad honno. Do'n i ddim *isio* hi na'i theulu creulon, snobyddlyd.

Dwi'n meddwl mai dyna pam roedd hi'n hoff ohona i. Am 'mod i mor, mor amlwg yn drwglicio'i mam.

Yn hwyrach y noson honno, roedd Mam yn siarad efo ffrindiau yn y neuadd – rhyw bobol roedd hi'n arfer mynd i'r ysgol efo nhw – felly es i allan i'r coridor i sbio ar yr hen luniau ysgol. Ro'n i'n bôrd. Roedd y lluniau ysgol i gyd yna, o ddechrau hanes yr ysgol, dros gan mlynedd yn ôl. Edrychais ar wynebau'r disgyblion, pawb yn ddu a gwyn. Syllodd cannoedd o wynebau llonydd yn ôl arna i.

'Ma nhw i gyd 'di marw 'ŵan.'

Roedd hi wrth fy ymyl i. Gwenno Davies. Fel arfer, byddai cael unrhyw sylw gan hogan fel hi yn fy ngwneud i'n nerfus, ond ro'n i'n dal yn flin am be ddeudodd ei mam hi.

'Yndi,' cytunais. 'Eu hanner nhw'n edrych ar y ffor' allan yn y llun 'ma, deud gwir.'

Trodd Gwenno i syllu ar y llun. Roeddan ni'n union yr un taldra.

'Rhyfedd fel ti'n gallu deud pa rai oedd y plant drwg,' meddai Gwenno ar ôl chwilio rhai o'r wynebau. 'Fatha hwnna, sbia.' Pwyntiodd at hogyn bach ag wyneb crwn yng nghanol y llun. Roedd hi'n llygad ei lle. Roedd ei wên yn awgrymu ei fod o'n ddiawl mewn croen, y math o wên sy'n cael ei gwenu ar ôl baglu rhywun.

'Tybed be ddigwyddodd iddo fo.'

'Fyddan ni byth yn gwbod,' atebodd Gwenno, yn dal i syllu.

Methais â stopio fy hun. 'Wel, cyn belled â'i fod o ddim yn *cleaner* 'de.'

Ochneidiodd Gwenno ac edrych ar ei thraed. 'Sori. Fel'na ma Mam.'

'Dim fel arfer. Ma hi'n neud sioe reit dda o fod yn neis-neis.'

'Blydi hel, yndi. 'Sa chdi'n meddwl bod hi'n ffrind i bawb, bysat?' Trodd Gwenno ei chefn at y wal a phwyso yn erbyn y brics. Edrychodd arna i. ''Sa chdi'm yn coelio gymaint o bobol sy'n deutha i 'mod i'n lwcus i fod yn ferch i Glain a Celfyn. "Oooo! Ma dy fam mor lyfli"!'

Edrychais yn ôl ar Gwenno. Ro'n i wedi synnu braidd, a finnau wedi meddwl ei bod hi a'i mam yn reit debyg, ac yn dod ymlaen efo pawb, gan gynnwys ei gilydd.

'Ti *yn* lwcus,' mentrais. 'Dach chi'n *minted*. Ma'ch tŷ chi'n anhygoel. Ma Mam 'di deud wrtha i.'

'Yndi, mae o,' cytunodd Gwenno. 'Ond tasa chdi'n cael dewis, Shane, be 'sa chdi'n dewis – dy fywyd di neu 'mywyd i?'

Ro'n i ar fin deud y byswn i'n dewis ei bywyd hi, dim cwestiwn o gwbl, pan lenwodd llygaid mawrion Gwenno efo dagrau. Syllais arni mewn syndod. Doedd hi ddim y math o hogan oedd yn crio ar ddim. Yn yr holl amser yn yr ysgol, do'n i ddim wedi ei gweld hi'n ypsetio erioed.

'Dy fywyd di,' mentrais yn ansicr.

'Wel, ti'n gwbod *sod all* 'ta, nag wyt.'

'Gwenno…' dechreuais, heb syniad yn y byd sut i orffen y frawddeg. Syllodd y ddau ohonan ni ar ein gilydd.

'Paid â deud wrth neb, ocê, Shane?'

Nodiais yn fud.

'Ma nhw'n bobol afiach, sti. Mam a Dad. Afiach. A dwi'm isio bod dim mwy, achos 'mod i'n ferch iddyn nhw.'

★

Doedd hi ddim wedi siarad efo neb arall am y peth, dim ond fi. Ac roedd hynny dim ond am be ddigwyddodd ar y noson rieni, 'mod i wedi digwydd clywed llais y Glain go iawn, ei mwgwd ffug-hyfryd wedi llithro am eiliad fach.

Unwaith dach chi'n dechrau deud y gwir, mae'n anodd stopio.

Roeddan ni'n cwrdd i lawr wrth yr afon, neu ym Mharc Meurig, neu i fyny yn y chwarel. Byth yn tecstio, achos roedd arni ofn y byddai ei thad yn ffeindio allan. Hyd yn oed pan oedd hi'n oer ac yn glawio a finnau'n siŵr ei bod hi am fod isio aros i mewn, roedd hi'n ffonio ffôn ein tŷ ni o ffôn eu tŷ nhw, ac yn hanner sibrwd, 'Wela i di yn y chwarel mewn hanner awr?'

Roeddan ni'n eistedd dan goeden neu o dan un o'r pontydd dros yr afon. Pan oedd hi'n boeth, roeddan ni'n gallu cerdded i gysgod un o'r waliau ar dir ei thad – 'Dydi o prin yn dod yma sti, Shaney, dydi o'm yn ffarmwr da iawn.' – ac yn siarad neu'n gwrando ar fiwsig ar ei ffonau. Roedd Gwenno'n crio'n aml. Dim drwy'r amser, ond lot.

'Ti angen help,' meddwn i wrthi un diwrnod, gan wthio hen ddarn o gwm cnoi rhwng hen gerrig y waliau. Roedd hi'n igian crio, a heb ddeud gair heblaw am 'Mam. Ffycin Mam' ers iddi gyrraedd.

'Help?' holodd Gwenno.

'Ia. *Antidepressants* neu wbath. Mae Mam arnyn nhw ers dwi'n cofio.'

Ysgydwodd Gwenno ei phen. 'Dwi'm angen pils. Dwi angen dengyd.'

'E? Rhedag i ffwr'?'

''Sa'm pwynt. 'Sa nhw'n ffeindio fi. Mam a Dad.'

Ochneidiais. Ro'n i wedi bod yn cwrdd â Gwenno'n gyfrinachol ers wythnosau erbyn hynny, ac er ein bod ni'n cael amser digon braf yn siarad am yr ysgol a'n ffrindiau a phethau felly, do'n i ddim wedi cael gwybodaeth am fywyd Gwenno. Dim syniad pam ei bod hi'n ddigalon. Ro'n i'n teimlo'i bod hi ar fin deud rhywbeth mawr o hyd.

'Ma nhw'n *annoying*, Gwens, ond dwi wir ddim yn meddwl bo' nhw mor ddrwg â hynna, sti.'

Edrychodd Gwenno arna i, yn amlwg wedi ei brifo i'r byw. 'A be ti'n wbod?'

'*Sod all*, achos ti'm yn deud dim byd wrtha i.'

Felly mi drodd Gwenno ata i yng nghysgod y wal gerrig, ei choesau-jîns-glas wedi'u croesi fel hogan fach, ei siwmper binc yn gwneud iddi edrych yn iau nag oedd hi. Dros y dyffryn, roedd y chwarel fel clais mawr porffor yn y mynydd.

Ac mi gefais i wybod ambell dro.

Glain Davies, Glain berffaith, hardd, boblogaidd oedd yn sâl efo eiddigedd tuag at ei merch ei hun; oedd yn ei galw hi'n dwp ac yn dew ar ôl iddi gael gwydraid o win; oedd yn gwylltio efo hi am ddim rheswm, yn gwneud esgusodion i weiddi arni neu ei chosbi hi. Glain berffaith, oedd yn ymddwyn fel gwraig berffaith, ac yn hapus i fod yn wraig i Celfyn, ond oedd yn mynnu sylw pa bynnag ddyn oedd yn edrych arni. Bob ychydig flynyddoedd, byddai Celfyn yn dod i wybod am ryw affêr arall, ac yn gwylltio. Byddai'n digwydd eto. Bob tro. Ac allan yn y byd go iawn, y tu hwnt i ddrysau Llwyn roedd y ddau'n dal i ddal dwylo, a gwenu ar ei gilydd. Smalio. Iesu Grist, ma'n rhaid ei fod o wedi bod mor anodd cynnal hynna.

A doedd Celfyn, fel 'dan ni'n gwybod, ddim mewn unrhyw sefyllfa i bregethu am ffyddlondeb. Roedd o hefyd wedi cael llwyth o affêrs. Yn waeth na hynny oedd y ffordd roedd o'n cadw llygad barcud ar ei ferch, isio gwybod lle roedd hi bob amser. Doedd dim bachgen yn cael dod yn agos ati.

'Ydi o 'di…? Ti'n gwbod!' gofynnais i Gwenno. Ysgwyd ei phen wnaeth hi.

'Na, dydi o'm 'di neud dim byd fel'na i fi. A dydi Mam heb hitio fi na slapio fi na'm byd. Does 'na ddim ohono fo'n betha fedra i gael help amdano fo, Shane.'

'Dydi hynna ddim yn wir. Ma nhw'n uffernol! Siŵr Dduw bo' chdi'n gweld hynna.'

'Yndw.' A phwysodd Gwenno ei chorff i mewn i f'un i, a rhoddais innau 'mraich o'i chwmpas hi. Roedd hi'n crynu'r mymryn lleiaf. Wnewch chi ddim coelio hyn, ond er mor ddel oedd hi, do'n i ddim yn ffansïo Gwenno. Mewn ffordd od, ro'n i'n rhy hoff ohoni i'w ffansïo hi.

'Ydyn nhw fel'ma efo Bedwyr?' gofynnais, ei chorff bach yn fregus yn fy mreichiau.

'Dim yn union. Ma Mam yn dotio ato fo, a Dad yn mynd mlaen am bob dim 'di Beds ddim yn ei neud yn iawn. Cymryd y mic bod o'n thic a'i fod o'n wael am chwarae rygbi a ballu.'

Eisteddodd y ddau ohonan ni yna am amser hir.

Dwi heb adael i fi fy hun feddwl rhyw lawer am hyn. Y ffordd roedd hi'n teimlo yn fy mreichiau. Y sŵn bach sniffian roedd hi'n ei wneud pan oedd hi'n crio. Y ffordd ro'n i'n gallu teimlo siâp ei hesgyrn drwy ei dillad. Dwi ddim yn gadael i fi fy hun feddwl am hyn, achos os dwi'n gadael i'r atgofion ddod yn ôl…

Roedd hi mor, mor anhapus. Ac am ein bod ni'n ffrindiau, ac am ei bod hi'n rhannu pethau efo fi nad oedd unrhyw un arall yn gwybod amdanyn nhw, ro'n i'n trio dod o hyd i atebion:

Deuda wrth athro.

Dwi methu. Fyddan nhw ddim yn sortio dim byd. Ma pawb yn meddwl bod Mam a Dad yn berffaith a fyddan nhw'n meddwl mai fi sy'n teenager dramatic.

Rheda i ffwrdd.

Be 'di'r pwynt? Fyddan nhw'n chwilio ac yn chwilio amdana i, a bydda i'n treulio fy mywyd yn ofni eu bod nhw'n mynd i ddod o hyd i fi. Pa fath o fywyd 'di hynna?

Ocê, wel jyst aros 'ta! Mond chydig flynyddoedd sgin ti i fynd a gei di fynd i'r coleg. Fyddi di'n rhydd wedyn!

Fydda i byth byth yn rhydd. Fydd Mam a Dad yna, Shaney, fyddan nhw'n hofran drosta i am byth.

'Sa neb byth yn rhydd o'u rhieni.

Un pnawn dan y bont wrth Ogwen Bank, ystyriodd Gwenno a finnau beth fyddai'n digwydd tasan ni'n lladd ei rhieni. Fi gododd y peth, ond wnaeth hi ddim ebychu na chwyno na deud 'mod i'n wirion, fel y byddwn i wedi disgwyl iddi wneud. Nodiodd yn flinedig, a deud, ''Sa ni'n gallu neud hynna, bysan. Sut 'sa ni'n neud o?'

Yn y diwedd, roedd o'n rhy gymhleth. Doedd Gwenno ddim yn meddwl byddai ganddi'r stumog i'w wneud o ei hun, a doedd hi ddim yn fodlon i mi ei wneud o, achos byddwn i'n gorfod byw efo'r ffaith 'mod i wedi lladd dau o bobol.

Beth bynnag ro'n i'n ei gynnig iddi, doedd o ddim yn ateb go iawn. Pwy bynnag ydan ni, 'dan ni'n sownd efo'n rhieni tan iddyn nhw farw, neu tan ein bod ni'n marw. 'Dan ni ddim yn cael dewis. Doedd 'na ddim byd o gwbl y gallwn i wneud i wella bywyd Gwenno.

Ond doedd pethau ddim yn ddigalon i gyd.

Yr atgofion mwyaf poenus ydi'r rhai dwi ddim yn rhoi lle iddyn nhw yn fy mhen. Achos dwi'n methu meddwl am bwy oedd hi go iawn, achos mae o'n brifo gormod.

Fel y ffordd roedd hi'n rhoi hanner pecyn o Tangfastics yn ei cheg ar unwaith achos ei bod hi'n licio'r ffordd roedd y blas sawrus yn gwneud i'w thafod deimlo'n od.

Neu'r ffordd roedd hi'n gallu rantio am hydoedd am ba mor uffernol oedd rhai o'r nofelau neu gerddi roeddan ni'n gorfod eu hastudio neu eu sgwennu yn yr ysgol, a'i bod hi'n gallu chwerthin arni hi ei hun wedyn am fynd mor flin.

Yr adeg ddaru ni syrthio i gysgu ynghanol y llechi, am eu bod nhw mor gynnes a'r tywydd mor braf, a deffro oriau wedyn pan oedd yr haul yn dechrau cilio a'r llyn oddi tanom yn edrych yn ddu, ddu fel olew.

Arogl ei gwallt.

Ei bysedd byrion, llyfn.

Y ffordd roedd hi'n deud 'Ymmm...' cyn ateb unrhyw gwestiwn, a'r ffaith ei bod hi'n canu iddi hi ei hun, er nad oedd hi'n gallu canu.

'Ma 'na gi yn y stryd nesa sy'n canu'n well na chdi, Gwens.'

'Diolch. Caru chdi, Shaney.'

Pennod 15

BRON I CHWE mis ar ôl i Gwenno gael ei lladd, cafodd Celfyn Mark Davies ei gyhuddo o'i lofruddio. Nid yn unig roedd ei negeseuon ffôn yn dangos natur eiddigeddus ac obsesiynol Celfyn tuag at ei ferch, ond cafwyd hyd i'w bag a'i ffôn wedi eu cuddio dan un o'r seddi yn ei Land Rover. Ar ôl gwneud ymholiadau pellach, daeth yn glir fod Mr Davies yn ddyn creulon, oedd yn mwynhau gwneud i ferched deimlo'n anghysurus yn ei gwmni.

Yn yr achos llys, tystiodd tair o ferched iddo ymddwyn yn anweddus yn eu cwmni, ac roedd bron i ugain o ferched eraill wedi deud iddyn nhw gael profiadau tebyg.

Deudodd Mr Davies nad oedd ganddo syniad o ble ddaeth y bag a'r ffôn, ac awgrymodd ella mai ei wraig Glain oedd wedi lladd Gwenno a'u gosod nhw yna. Cafodd Glain ei harestio a'i holi, cyn cael ei gollwng yn rhydd. Ond roedd y drwg wedi ei wneud. Daeth yn amlwg yn ystod yr achos yn erbyn Mr Davies fod Glain yn ddynes ansicr, anffyddlon, oedd wedi treulio blynyddoedd yn bychanu ac yn difrïo ei merch ifanc. Roedd bywyd Glain, fel ag yr oedd o, ar ben. Yn llygaid pobol y pentref, roedd hi mor euog â Celfyn.

Dedfrydwyd Mr Davies i garchar am oes. Fydd ganddo ddim gobaith o ddod allan, byth. Mynnodd drwy'r achos nad fo oedd wedi lladd Gwenno, ond roedd 'na ddigon o dystiolaeth o'r pethau roedd o *wedi* eu gwneud i sicrhau fod pobol yn berffaith barod i goelio y gallai wneud rhywbeth mor ofnadwy. Roedd o'n fwystfil. Roedd pobol isio coelio mai fo wnaeth.

Rhoddwyd Llwyn ar y farchnad, a chafodd ei werthu i bobol o i ffwrdd. Newidiwyd enw'r lle i The Crag, ac am unwaith, roedd yr holl Gymry Cymraeg a arferai gwyno am roi enw Saesneg ar le Cymraeg yn dawel. Roedd Llwyn yn enw tlysach, ond roedd o'n hyll i glustiau pawb ym Methesda rŵan.

Diflannodd Glain. I dde Cymru, meddai rhywun, oedd yn teimlo'n ddigon pell o fama i fod yn ben draw'r byd. Mi soniodd rhywun ei bod hi wedi newid ei henw, ac wrth gwrs mi ddeudodd rhywun arall ei bod hi wedi cael *plastic surgery* a *wig* fel bod neb yn ei nabod hi. Diflannodd Bedwyr hefyd, yn ddigon pell oddi wrth ei fam gobeithio.

Arhosodd Llŷr a Siwan efo'i gilydd. Yn ei ddiod, byddai Llŷr yn siarad am Gwenno, yn deud pa mor lyfli oedd hi a sut oedd o'n meddwl weithiau beth fyddai wedi digwydd petai hi wedi byw. Wedi'r cyfan, fo oedd y person ola i fynd efo hi. Wrth gwrs, doedd o byth yn deud dim o hyn yng nghwmni Siwan.

Aeth Keira'n dawel iawn iawn yn ystod yr achos yn erbyn Mr Davies. Roedd hi'n teimlo'n euog am ddeud wrth yr heddlu ei fod o wedi bod yn anweddus efo hi. Ond unwaith cafwyd y ddedfryd euog, dechreuodd ddod allan o'i chragen unwaith eto.

'Ti 'di helpu i roi boi drwg yn jêl,' meddai Siwan, oedd

wedi dechrau meddwl ei bod hi isio bod yn dwrna. ''Sa Gwenno'n falch ohonat ti.'

Yn dawel bach, roedd Dion yn teimlo'n falch hefyd.

Ar ôl iddo fo ddigwydd, dach chi'n gweld, roedd Dion yn meddwl ei fod o'n gwybod y gwir. Yn meddwl ei fod o a finna yn rhannu cyfrinach fawr, bwysig.

Dwi ddim yn foi drwg, waeth be dach chi'n feddwl ohona i. Dwi ddim yn llofrudd – jyst 'mod i wedi llofruddio rhywun.

*

Wrth faglu'n ôl o'r chwarel drwy ddüwch y nos, fy nghorff yn crynu efo'r sioc o'r hyn ro'n i newydd ei wneud, canodd fy ffôn. Dion. A dwn i ddim pam, ond mi atebais i.

'Lle w't ti?' gofynnodd, ac er i mi drio ateb, roedd y geiriau'n gwrthod dod. 'Shane? Ti 'di mynd adra, do? 'Sa neb ar ôl yn parc.'

'Ffyc.' Baglodd y gair allan o 'ngheg, ac roedd Dion yn fy nabod i'n ddigon da i wybod fod 'na rywbeth mawr o'i le.

'Be sy matar? Lle w't ti?'

'Shit.' Yr unig beth oedd yn goleuo'r llwybr dan fy nhraed oedd y lleuad llawn, ond ro'n i'n flin ei fod o yna, ei wyneb mawr yn sbio arna i. Roedd y lleuad yna'n gwybod yn union be o'n i wedi ei wneud. Roedd o wedi 'ngwylio i'r holl amser.

'Shane. Deutha fi. Lle w't ti?'

'Parc,' atebais, fy nannedd yn clecian. 'Llwybr chwaral.'

'Ddo i yna 'ŵan.'

Mae'n rhaid ei fod o wedi cael sioc drwy ei din, yn fy

ngweld i'n baglu drwy'r coed tuag ato fo, yn waed drosta i. Dwi'n cofio wyneb Dion yn iawn. Doedd dim byd yn ei synnu fel arfer – roedd o wedi gweld gymaint – ond agorodd ei geg mewn braw, ei wyneb yn welw yng ngolau'r lleuad.

'Shit. Shitshitshit,' meddai, gan frysio ata i.

Chwarae teg iddo fo am beidio rhedeg i ffwrdd.

'Ti 'di brifo?'

Ysgydwais fy mhen.

'Ti'n crynu. Ista lawr.'

Eisteddais ar y mwsog yn ymyl y llwybr, a safodd Dion yn syllu arna i. Roedd hi'n oer ac roedd ei anadl yn codi'n stêm i'r noson.

'Pwy?' gofynnodd.

'Gwenno,' atebais innau'n wan. Lledaenodd ei lygaid.

'Ydi hi'n...?'

Nodiais.

'Shhhhiiit.'

Ro'n i'n chwysu, er ei bod hi'n oer. Fedrwn i ddim coelio 'mod i newydd wneud ffasiwn beth.

'Be ddigwyddodd?'

Ac mi ddeudais i be oedd Gwenno wedi dymuno i mi ddeud.

'Ei thad hi.'

'E?!'

'O'ddan ni'n chwaral efo'n gilydd. Fi a Gwenno.'

'Est ti efo hi?'

'Do. O'dd Llŷr yn mynd ar ei nyrfs hi.'

'A?'

'Mi drodd ei thad hi fyny. 'Nes i guddiad. O'dd o'n gweiddi arni. Shit. Dwi'n teimlo'n sic.'

'Ma'n iawn, ma'n iawn. Fyddi di'n iawn.'

'O'dd o'n deud ei bod hi'n hwran a ballu. Fod hi'n mynd efo pawb. O'dd o'n *mental*, Dion, dwi rioed 'di gweld ffasiwn beth.'

'A nath o ladd hi?!'

'Efo darn o lechan. Shit, Dion, a'th hi lawr mor sydyn. A'i gadal hi yna wedyn. Jyst dreifio off.'

Dechreuodd Dion gerdded yn ôl ac ymlaen fel anifail gwyllt.

''Nes i fynd ati. O'dd raid i fi. Rhag ofn ei bod hi'n dal yn fyw. Ond o'dd ei gwynab hi 'di malu i mewn i gyd.' Ymestynnais fy llaw, oedd yn dynn ac yn galed o gwmpas handbag Gwenno. ''Nes i ddod â hwn.'

'Ffyc! Ocê, ocê.' Cerddodd Dion yn gyflymach, yn ôl ac ymlaen ac yn ôl ac ymlaen. 'Rhaid chdi gael gwared ar heina.'

'E? Pam?'

'Achos fydd PAWB yn meddwl ma chdi laddodd hi, Shane! Ti'm yn gweld?'

''Na i jyst mynd at y cops! Deud be welish i!'

'O ia, ocê, a ma'r cops yn mynd i goelio hogyn oed chdi o'r stad dros dwat *minted* fatha tad Gwenno? Cym on!'

'Be dwi fod i neud 'ta?!' gofynnais, er bod gen i ryw fath o gynllun yn fy mhen.

'Lluchia'r bag i'r afon.'

'Ia?'

'Ia!'

'Ond... Ond 'di o'm yn well i'w gadw fo?'

'Na! I be?! Ti'm yn siarad yn gall!' Brysiodd Dion ata i, ond tynnais y bag yn ôl.

'Achos os fydd 'na neb yn coelio ma tad Gwenno nath ei lladd hi, o leia fydd hwn gynnon ni. I neud fel sy raid i ni.'

Stopiodd Dion, ac ystyried. Dwi ddim yn meddwl ei fod o'n meddwl yn iawn ar y pryd chwaith, i fod yn deg.

'Dwi'n meddwl dylsan ni gael gwared ar y bag. Fedri di'm cadw fo'n tŷ, Shane.'

''Na i ddim. 'Na i guddiad o. Dim ots lle. Ond 'na i guddiad o.'

'Iawn. Ond yli, rhaid ni fynd adra cyn i rywun ddechra ama. A ti'n waed i gyd, sti.'

'Yndw?'

Edrychais i lawr a gweld gwaed ar fy hwdi gwyn. Ond doedd o ddim yn edrych fel gwaed, roedd o'n edrych yn ddu.

Roedd 'na oglau cig arno fo.

'A dy wynab,' meddai Dion.

A dyna pryd sylweddolais i 'mod i'n blasu ei gwaed hi. Roedd o wedi sychu'n grychau dros fy wyneb a 'ngwefus.

Mi drois i, a chwydu dros y mwsog.

Tra fydda i byw, cha' i byth well ffrind na Dion. Fo dynnodd fy hwdi dros fy mhen pan o'n i'n crynu gormod i allu gwneud dim, a fo ddefnyddiodd y llawes i sychu'r gwaed o 'ngwyneb a 'ngwallt, y defnydd wedi ei socian yn afon Ogwen.

Safodd y ddau ohonan ni wrth y dŵr, Dion yn golchi fy wyneb, 'run ohonan ni'n crio ond dagrau'n llifo o'n llygaid. Fo achos fod Gwenno wedi marw, a finnau achos fod Dion yn ffrind mor uffernol o dda i fi.

Fo wisgodd yr hwdi gwaedlyd, a'i hwdi ei hun dros y top, fel bod neb yn gweld y gwaed. Fo aeth adref ar ôl gwneud yn siŵr 'mod i'n iawn, a fo aeth â'r hwdi – yr unig ddarn o dystiolaeth yn f'erbyn i – a fo wnaeth yn siŵr ei fod o'n mynd i'r bin drws nesaf ychydig ddyddiau wedyn, ar yr union ddiwrnod roedd y dynion bins yn dod. Tasa rhywun wedi dal Dion efo hwnna, tasa rhywun wedi'n gweld ni efo'n gilydd… Ond wnaeth Dion ddim meddwl dwywaith cyn fy helpu i.

Do'n i ddim yn meddwl fod y bag a'r ffôn yn saff yn ein tŷ ni. Roedd hi'n risg i'w cadw nhw yma. Ond do'n i ddim isio cael gwared arnyn nhw chwaith, achos ro'n i bron yn siŵr y byddwn i'n gallu cael rhyw ddefnydd ohonyn nhw. Ac roedd eu cuddio nhw yn storfa'r ystafell Gymraeg yn syniad da, achos roedd o'r lle olaf yn y byd y byddai unrhyw un yn disgwyl fy ngweld i, y tu ôl i ryw hen lyfrau diflas – fyddai neb wedi dod o hyd iddyn nhw am ddegawdau. Doedd neb wir yn darllen y llyfrau yma.

Mi fyddai Dion wedi gwybod, wrth gwrs, mai fi blannodd y dystiolaeth yn y Land Rover, er na ddeudais i hynny wrtho byth, a wnaeth o ddim codi'r peth. Ond wnaeth o ddim gofyn i mi os mai fi laddodd Gwenno chwaith, dim unwaith. Dwi ddim yn meddwl ei fod o wedi ystyried y posibiliad. Fel yna mae ffrindiau da. Maen nhw wastad yn meddwl y gorau ohonoch chi.

*

Ar ôl i Mr Davies gael ei ddanfon i'r carchar, teimlai Dion yn well amdano ei hun.

'Dwi'n gwbod bo' ni 'di deud clwydda, ond mae'r boi iawn yn jêl yn diwedd, dydi?'

Cytunais, ac ro'n i'n ei feddwl o hefyd. Dwi'n meddwl mai dyma'r tro cyntaf yn ei fywyd i Dion deimlo ei fod o wedi gallu gwneud gwahaniaeth i unrhyw beth. Ei fod o'n cyfri. Felly mi benderfynodd o drio gwneud rhywbeth efo'i fywyd, ac ar ôl yr arholiadau, mi aeth i'r coleg i ddysgu bod yn fecanic. Boi da oedd o. Mi fyddai'n dod draw yn aml, dal i ddod, ac roeddan ni'n dal i fynd i'r parc ar benwythnosau.

Roedd popeth yr un fath i Mam a fi. Dydi cael get-awê efo llofruddio rhywun ddim yn newid eich bywyd chi gymaint â dach chi'n meddwl y bysa fo. Mi ges i chydig bach o drafferth adeg yr achos llys, achos roedd 'na fanylion yn dod allan yn y papurau newydd oedd yn gwneud i fi gofio am be ddigwyddodd, am be o'n i wedi ei wneud. Dechreuais gael hunllefau, ac mi wnes i lanast o'r arholiadau. Ond do'n i ddim yn difaru be ddigwyddodd. Pobol ddrwg oedd Glain a Celfyn Davies. Ro'n i'n falch fod bywyd wedi talu'r pwyth yn ôl iddyn nhw ar ôl y ffordd wnaethon nhw drin eu merch.

Ond ro'n i'n hiraethu amdani.

Ddim yr hogan oedd yn y llun oedd ar flaen y papurau newydd. Ddim yr angel berffaith hyfryd roedd pawb yn sôn amdani yn yr ysgol, yn enwedig pan benderfynodd Mr Lloyd roi mainc arbennig efo'i henw hi ar y llain gwyrdd o flaen yr ysgol.

Na.

Ro'n i'n hiraethu am yr hogan oedd yn syrthio i gysgu ar lechi cynnes, a lliw'r chwarel yn glais o'i chwmpas hi. Ro'n i'n hiraethu am yr hogan oedd yn smocio efo fi dan bontydd ac yn gwrando ar ganeuon gwael o'r wythdegau ar ei ffôn.

Dach chi isio gwybod be ddigwyddodd, dwi'n gwybod

eich bod chi. Dyma dach chi wedi bod yn gobeithio amdano fo. Dyna pam eich bod chi yma o hyd. Sy'n beth rhyfedd, dach chi ddim yn meddwl? Os dach chi'n gofyn i fi, mae o braidd yn sic y ffordd mae pobol yn fusneslyd am farwolaeth, yn enwedig pan mae'n farwolaeth dreisgar, ac yn enwedig pan mae'r dioddefwr yn hogan ifanc, dlws.

Dach chi'n siŵr o 'marnu fi. Ond i chi gael dallt, dwi'n eich barnu chithau hefyd. Dach chi'n dal i ddarllan.

Pennod 16

'TYRD AR F'ÔL i, ocê? Ar llwybr chwaral.'

Y noson honno. Parc Meurig. Deud y geiriau dan ei gwynt wnaeth Gwenno wrth basio, ac ro'n i'n flin ac yn feddw. Yn bôrd efo gorfod cuddio'r ffaith ein bod ni'n ffrindiau. Ocê, doedd hi ddim yn syniad da i'w thad hi gael gwybod, ond mi fasa'n iawn i'n criw ni wybod, bysa?

A beth bynnag, pam o'n i'n gorfod ei dilyn hi fel llo bach?

Diflannodd Gwenno i'r tywyllwch, yn feddw ac yn simsan ar ei thraed. Ro'n i bron iawn â pheidio mynd ar ei hôl hi, ond mi welais i Llŷr yn dod, yn edrych arni fel ci bach. Dwi'n gwybod rŵan, wrth gwrs, fod'na bethau wedi digwydd rhwng y ddau yn gynt. Roedd o wedi dod yn ôl am fwy.

'Gwenno oedd honna?' gofynnodd.

'Mae'n mynd i gwarfod rhywun dwi'n meddwl.'

Nodiodd Llŷr, yn ddigon meddw i beidio trafferthu cuddio'r siom ar ei wyneb.

Mi ddilynais i hi. Wrth gwrs. Roedd hi'n ffrind i fi. Mi wnes i ddal i fyny efo hi yn y grug.

'O'dd Llŷr yn chwilio amdana chdi.'

Trodd ei llygaid ata i. Roeddan nhw'n edrych yn ddu yng ngolau'r lleuad.

'Esh i efo fo, sti. Eith Dad yn *mental* os geith o wbod.'

Nodiais, wedi hanner dyfalu hyn yn barod. Cerddodd y ddau ohonan ni mewn tawelwch am ychydig. Roedd hi'n crio eto, yn sniffian crio'n ddi-baid, ond roeddan ni'n feddw ac roedd hi'n crio o hyd beth bynnag.

'Ti'n flin?' gofynnodd ar ôl ychydig.

'Am Llŷr a chdi? Nadw.' Ac roedd o'n wir. Do'n i ddim yn ei licio hi fel'na. 'Ti'n ocê?'

'Ti'n gê?' holodd, ei llais yn araf efo'r holl ddiod.

'Dwi'm yn gwbod. Pam ti'n crio? Lle 'dan ni'n mynd?'

'Chwaral.'

'Mae'n hwyr, Gwenno.'

'Dim ots, nadi?'

Felly dyma ni'n cerdded, a'r lleuad yn ein gwylio wrth i ni fynd. Allan i'r lôn ac i fyny'r ffordd fach am y chwarel, dros y llechi mân, a dyna lle wnaeth hi stopio. Sbio i lawr i'r llyn, oedd yn hollol ddu dros y dibyn.

'Watsha!' deudais wrthi. 'Ti'n *pissed*, 'sa ti'n gallu disgyn.'

Trodd Gwenno ei llygaid ata i. Roeddan nhw'n sgleinio.

'Sori, Shaney.'

Pan mae rhywbeth ofnadwy ar fin digwydd, mae'r byd o'ch cwmpas chi'n newid. Mae popeth yn mynd yn fwy miniog rywsut, y manylion yn gliriach. Yn sydyn, ro'n i'n teimlo'n sobor.

'Be ti'n feddwl?'

'Dwi'n methu, sti.'

'Methu be?'

'Cario mlaen. Ma Dad 'di dechra mynd yn waeth. Mae o 'di neud i Keira deimlo'n horybl… Dwi'm yn gwbod be nath o, ond fedra i ddychmygu.'

'God, ma'r boi'n gi. Rhaid chdi ddeud wrth rywun, sti!'

'Dwi'n methu neud o, Shane. Dwi'm digon cry.'

Er ei bod hi'n feddw a'i bod hi ganol nos a fod hyn yn lot, lot mwy nag o'n i'n gallu ymdopi efo fo, ro'n i'n gwybod bod Gwenno'n deud y gwir. Ro'n i'n gwybod ei bod hi'n ddibwynt i mi drio newid ei meddwl hi.

Roedd hi'n mynd.

'Ti'n mynd i neidio?'

'Yndw, os ti'm yn helpu fi.'

Syllais arni. 'Helpu chdi?'

'Dwi'n mynd i farw heno 'ma, Shane. Un ai dwi'n mynd i neidio i'r llyn, neu ti'n mynd i ladd fi.'

'Fi?! Lladd chdi? Ffocin callia…'

'Os dwi'n neidio, does 'na neb yn cael gwbod am sut oedd pethau go iawn. Fel oedd o efo fi, ac efo Keira, a Mam, a pwy bynnag arall mae o 'di brifo. Fydd pawb jyst yn deud 'mod i'n isel, a tydi o'n drist, a fyddan nhw'n iwsho fy enw i neud *point* am bobol ifanc *depressed*. Fydd o'n drasiedi!'

'Ond dyna sy'n wir!'

'Ond os *ti'n* neud o… Ac yn neud iddo fo ymddangos ma Dad nath…'

'Callia!' ebychais. Roedd hi'n nyts. Doedd hyn ddim yn gall. 'Yli, gad i ni siarad am hyn. Cynllunio petha!'

'Na! Heno 'ma. Ti'n helpu fi neu ti ddim. Mae o fyny i chdi. 'Na i ddallt os ti'n methu.'

'Gwenno!'

'Fydd bob dim yn pwyntio at Dad, Shane. Fo geith

y bai. Dwi'm isio fo gael get-awê efo hyn. Dwi isio fo ddiodda.'

'Oes 'na wbath wedi digwydd?' gofynnais, fy llais yn simsan. Ro'n i'n crio. 'Ydi o 'di neud wbath?'

'Paid â gofyn i fi. Plis, jyst helpa fi.'

Hi wnaeth ddewis y lechen. Un fawr, hirsgwar. Wnes i ddim byd ond sefyll yna, wedi rhewi gan yr hyn ro'n i'n gwybod ro'n i am ei wneud. Cariodd Gwenno'r lechen ata i. Cododd hi'n araf, am ei bod hi'n drwm, a rhwbiodd ei boch yn erbyn y lechen, fel y gwnaeth hi efo fi ychydig fisoedd ynghynt, wrth drio 'narbwyllo i fod llechi'n teimlo fel croen. Rhoddodd y lechen wrth fy nhraed.

'Sori, Shane. Ond diolch.'

Agorodd ei breichiau a 'nghofleidio i, ei breichiau'n dynn amdana i. Roedd o fel tasa hi'n trio 'nghysuro i am yr hyn oedd ar fin digwydd.

Daliodd Gwenno a finnau ein gilydd yn dynn, ac ro'n i'n gwybod, waeth pa mor hir y byddwn i'n byw, na fyddwn i byth yn nabod unrhyw un cystal ag o'n i'n nabod Gwenno.

'Gwna fo rŵan.'

Codais y lechen. Roedd hi'n llyfn fel cnawd.

'Diolch, Shane.'

Meddyliais am y math o foi oedd Celfyn, y ffordd roedd o wedi gwneud i Gwenno deimlo, y ffaith iddo wneud hogan mor hyfryd â Keira yn anghyfforddus. Meddyliais am y ffordd roedd o'n ei lordio hi o gwmpas y dref yn ei Land Rover.

Fo fyddai'n dioddef fwyaf o ganlyniad i hyn.

Cofiais be oedd o wedi ei ddeud wrth Mam. Y negeseuon.

Codais y lechen uwch fy mhen, ac wrth i mi ddod â hi i lawr, saethodd breichiau Gwenno i fyny i warchod ei hun. Roedd hi'n methu peidio. Greddf rhywun ydi gwarchod ei hun.

★

Weithiau, hyd yn oed rŵan, dwi'n deffro ym mol y nos mewn chwys oer.

Yn y dydd, mae pethau'n haws. Dwi'n gallu darbwyllo fy hun 'mod i wedi gwneud y peth iawn, fod Gwenno wedi gwneud y peth iawn yn fy narbwyllo i wneud yr hyn wnes i.

Yn y nos, mae fy meddwl yn rhy flinedig i frwydro'r gwir. Dwi'n syrthio i gysgu'n hawdd, ond yn deffro efo 'nghalon yn drymio, fy nghorff yn chwysu ddigon i socian cynfasau'r gwely. Ac yn yr eiliadau hynny, dwi'n gwbl, gwbl sicr 'mod i wedi gwneud peth uffernol, aflan. Wna i byth faddau i mi fy hun.

Ddim am ei lladd hi. Byddai hi wedi neidio, dwi'n siŵr o hynny, ond wnes i mo'i hachub hi. Mi ges i'r cyfle, a wnes i mo'i gymryd o. Do'n i ddim yn gwybod sut ar y pryd ond rŵan, mam bach, dwi'n gweld cymaint o ffyrdd allan iddi hi.

Tasa hi wedi deud wrth oedolyn…

Tasa hi wedi stopio smalio o hyd ei bod hi'n ocê. Crio yn yr ysgol fel oedd hi'n crio efo fi. Caniatáu iddi hi ei hun edrych mor uffernol ag oedd hi'n teimlo weithiau.

Tasa hi wedi aros ar ôl gwers Gymraeg a jyst deud wrth Miss Jenkins mewn llais bach, 'Miss, dydi petha ddim yn iawn.'

Tasa hi ond wedi deud wrth bobol eraill yr hyn roedd hi'n ddeud wrtha i.

Ac wrth gwrs, weithiau dwi'n meddwl mai fi ddylai fod wedi gwneud rhywbeth. Ond dydi hynna ddim yn iawn chwaith. Dydi un person ddim yn gallu achub un arall. Nid fel'na mae'r byd yn gweithio, er fod 'na lwythi o ffilmiau a llyfrau a chaneuon yn trio deud yn wahanol.

Y gair pwysicaf yn y byd? Nid *cariad* ydi o, na *hapus*, na *bodlon*, na dim un o'r geiriau difeddwl dach chi'n eu gweld ar ddarn o lechen yn hongian mewn tai. 'Di o ddim yn air 'sa chi'n ei weld ar hwdi nac ar fyg.

Y gair pwysicaf yn y byd ydi HELP.

'Dan ni i gyd yn hiraethu amdani. Rhai ohonan ni'n dawel bach, a rhai eraill fel tasan nhw'n gorfod profi eu bod nhw'n ei chofio hi drwy siarad amdani drosodd a throsodd. Fel Siwan, sy'n postio lluniau o Gwenno ar y we bob hyn a hyn efo emojis calon ac emojis crio. 'Dan ni'n dal i weld ein gilydd, ond byth fel criw erbyn hyn. Mae o wastad yn teimlo fel tasa rhywun ar goll, fel tasan ni'n aros iddi gyrraedd.

Dwi ddim yn gadael i mi fy hun feddwl gormod. Dach chi wedi sylwi? Dwi ddim yn siarad rhyw lawer am y ffordd dwi'n teimlo, nac am hiraeth na difaru na maddeuant na dim byd felly. Does 'na ddim pwynt. Dydi o ddim yn newid dim byd. Ond mae arna i ofn y bydda i, un diwrnod, yn gadael i mi fy hun deimlo gormod, ac wedyn mi fydda i'n dechrau difaru. A dwi'n methu caniatáu i hynny ddigwydd. Mi fyddai difaru yn beth enfawr, tywyll, diddiwedd, fel chwarel yn fy mhen.

Ond mae'r noson yna efo fi am byth.

Gwyliodd y lleuad yn gegagored wrth i mi daro fy ffrind

annwyl, hyfryd, cymhleth, digalon, dro ar ôl tro nes nad oedd hi'n edrych fel Gwenno.

Yn fy nwylo, roedd y lechen yn dal yn gynnes.